少女布莱达心灵之旅

〔巴西〕保罗·柯艾略 著
马琳 译

北京出版集团公司
北京十月文艺出版社

新经典文化股份有限公司
www.readinglife.com
出　品

致N.D.L，你创造了奇迹

致克里斯蒂娜，你是奇迹之一

致布莱达

无罪受孕的马利亚，
我们向您求助，
请为我们祈祷，
阿门。

一个妇人有十块钱，若失落一块，岂不点上灯，打扫屋子，细细地找，直到找着吗？找着了，就请朋友邻舍来，对他们说："我失落的那块钱已经找着了，你们和我一同欢喜吧！"

《路加福音》15：8—9

提示

在《朝圣》一书中，我用从戏剧中学到的感知练习方法替换了拉姆教团[1]的法则。尽管严格说来，结果和原来一样，我仍然受到了导师的严厉训斥。他说："或许确有捷径，但那并不重要，重要的是传统不能改变。"

因此，本书中描绘的一些仪式便来自延续了数百年的月亮传统，它十分独特，需要实践与经验才能掌握。若无指导，则有害无益且徒劳，还会阻碍灵修的进程。

① 一九七七年，保罗·柯艾略在周游世界时参加了一个名叫拉姆的天主教组织。（本书注释若无特殊说明，均为编注。）

序

我们常常在卢尔德的咖啡厅坐到深夜。我是个朝圣者，为寻找自己的天赋行走在神圣的罗马大道上，前路漫漫。而她，布莱达·奥菲林，把守着这条路的重要地段。

比利牛斯山上的修道院星罗棋布，初修者都会拜访那里。有天晚上我问她，是否记得有某个特定的修道院曾让她深受触动。

“我从没去过那里。”她回答道。

我很惊讶，毕竟，她已经唤醒了天赋。

“条条大道通罗马，”布莱达用这句谚语让我明白，在任何地方都能唤醒天赋，“我的大道在爱尔兰。”

在接下来的几次会面中，她向我讲述了整个唤醒过程。听完之后，我问她是否允许我把一切写成书。

她立刻同意了。然而之后的每一次见面，她都会制造一些阻碍，希望我换掉人物姓名，想知道谁会看这本书，又会有怎样的反应。

“这我也不清楚。”我回答，“但我相信你顾虑的并不是这些。”

“说得没错。”她说，“因为这只是我的个人经历，不知他人能否从中获益。”

这将是我们共同承担的风险，布莱达。一篇基于传统的不具名文章这样写道：对于人生，有两种不同的态度——建造或耕耘。建造者实现目标可能要花费多年，但终有一天会完工。那时他们会发现自己被困在亲手筑成的围墙里。在收工的同时，生活也失去了意义。

选择耕耘者则要经受暴风雨的洗礼，应对季节的变换，几乎从不歇息。然而，和建筑不同，大地生息不止。它需要耕耘者的精心照料，也允许他们的人生充满冒险。

耕耘者能认出彼此，因为他们知道，每一株植物的生命历程都包含着整个世界的成长。

保罗·柯艾略

爱尔兰

一九八三年八月至一九八四年三月

夏与秋

“我想学魔法。”女孩说。

巫师打量着她。褪色的牛仔裤，T 恤衫，一脸挑战的神情，多是为了掩盖羞涩。“我肯定比她大一倍。”巫师心想。尽管如此，他知道眼前的人就是自己的灵魂伴侣。

“我叫布莱达。”她继续说道，“很抱歉没先自我介绍。这一刻我等了很久，现在我比想象中还紧张。”

“你为什么要学魔法？”他问。

“我想解答生活中的一些问题，想掌握神秘力量，可能的话，借助魔法回到过去或探查未来。”

这不是第一次有人来这片森林请求巫师传授魔法。他曾是闻名一时受人尊敬的传统的导师。他广收门徒，相信若能使周围的人改变，世界也会随之改变。但他犯了个错误。而导师是不能够犯错的。

“你不觉得自己太年轻了吗？”

“我二十一岁了。”布莱达说，“要是学芭蕾，都已经太老了。”

巫师示意布莱达跟着自己。两人默默地在森林中穿行。很快,树木投下的阴影变长,换了方向,太阳正沉入地平线。“她很美,”巫师心想,“但我比她年长一倍。”这意味着他将要经受考验。

巫师的沉默激怒了布莱达,他还没有屈尊回应她的话。潮湿的地面覆满落叶,她也注意到了树影的变化和夜晚的迅速降临。再过一会儿天就黑了,他们谁都没有灯。

“我必须信任他。”布莱达对自己说,“如果我相信他能教我魔法,就应该相信他能在森林中为我带路。”

两人继续前进。巫师看上去毫无目的地走着,从一边到另一边,即使脚下的路畅通无阻,也会不停变换方向。他们不止一次地在兜圈,同一个地方经过好几次。

“也许他是在考验我。”布莱达决定坚持下去,她试着告诉自己正在发生的一切都相当正常,包括原地兜圈。

她从很远的地方来,对这次会面期望颇高。都柏林距此地大约一百五十公里,发往这个小村庄的公共汽车十分不舒适,开车时间更是不合理。她不得不起了个大早,忍受三小时的旅程,在村子里四处打听这个奇怪男人的消息,还得不停地解释找他的原因。终于有人告诉他,巫师白天总爱待在这片林子里,还提醒道,这个男人曾试图引诱村里的一个姑娘。

“真是个有趣的人。”布莱达想。他们开始走上坡路,布莱达希望太阳能多在天上停留片刻,她怕自己会踩上潮湿的树叶滑倒。

“为什么非要学魔法？”

他终于不再沉默，布莱达很高兴，重复了一遍自己的理由。

但他并不满意。

“可能你觉得魔法神秘莫测，能给出穷尽一生也难找到的答案。或许还能帮你挽回已逝的恋情。”

布莱达没说话。她不知道该说什么，怕自己的回答他不喜欢。她现在宁愿对方保持沉默。

最终，他们穿过森林，来到一个山顶。这是片不毛之地，满是岩石，不过至少不那么滑了，布莱达可以不费劲地跟上巫师的脚步。

巫师在最高处坐下，让布莱达也坐下。

“已经有其他人来过这儿了。”他说，“他们求我教授魔法。但我已经教了我所能教的一切，已经把人类给予我的都还回去了。现在我只想独自一人生活，爬爬山，照料植物，和上帝沟通。”

“不对。”女孩答道。

“什么不对？”他很惊讶。

“也许你想和上帝沟通，但你并不喜欢独自一人生活。”

布莱达后悔了。她在冲动之下说出那句话，想改口却为时已晚。可能就是有人喜欢独自生活。也许女人需要男人胜于男人需要女人。

然而巫师似乎并没有生气，他继续说道：“我要问你一个问题。你要绝对诚实地回答。如果说了真话，我就答应教你。若是说谎，就再也不要回到森林里来。”

布莱达松了口气。他要问她一个问题，她只需如实回答就行了。她一直以为导师收门徒会进行更难的考验。

他们面对面坐着，巫师的双眼闪烁着光芒。

“假设我把所学教授于你，”他注视着布莱达的眼睛，“我向你展示围绕着我们的平行宇宙，天使，大自然的智慧，日月传统的奥秘。然后有一天，你进城买食物，在半路上遇到你命中注定的爱人。”

“我怎么能知道对方是自己的命定之人。”布莱达心想，但她决定不把这个疑虑说出来。巫师的问题似乎将比她想象中要难。

“他和你有同样的感觉，并且会接近你。你们相爱了。白天，你向我学习宇宙的智慧。夜晚，他教授你爱的智慧。然而，终有一天这两样东西不能再和平共处。你需要作出选择。”

巫师停顿了一会儿，没有立刻提出问题，他怕听到女孩的答案。她在那天傍晚找到他，这对于两人来说都意味着生命中某个阶段的结束。他明白这些，因为他知晓导师们的传统和意图。他们需要彼此。目前唯一的条件是，她必须诚实地回答问题。

“现在诚实地回答我，”他最终鼓起了勇气，“你会放弃所学的一切，放弃所有潜在的可能以及魔法世界的奥秘，而选择与命中注定的爱人在一起吗？”

布莱达将视线移开。周围是群山和森林。远处的村庄逐渐亮起了灯，烟囱里冒着烟，再过不久，每个家庭都会围坐在桌边享用晚餐。那里的人们勤恳地工作，敬畏上帝并随时准备帮助他人。因为他们懂得爱。他们的存在是有原因的，即便从没听说过什么日月传统，他们照样能理解世上所发生的一切。

“我不觉得学习魔法和个人幸福之间有任何冲突。”她说。

“回答我的问题。”巫师依旧盯着她的双眼。“你会为了那个人放弃一切吗？”

布莱达很想哭。那不只是一个问题，而是一个抉择，人生最难的抉择。她之前已经想了很多。有一段时间，她觉得世上的一切都不如自己重要。她有过很多男友，自认为爱过他们每一个人，却只是看着恋情不断地消失。在她的认知范围里，爱是最难的。如今，她迷上了一个比自己年龄稍长的人，他学物理，和她有着完全不同的世界观。她又开始相信爱情，相信自己的感觉，但之前多次失望的经历让她不再那么确定了。即便如此，这依旧是她生命中一场重要的赌局。

她不去看巫师，而是盯着村庄里的万家灯火。人们从远古时代起就试图用爱来理解世界。

“我会放弃一切的。”她最终答道。

她觉得面前的男人已不再能够理解人心。他通晓魔法的力量与奥秘，却不理解人。他头发花白，皮肤黝黑，有一副经常爬山练就的健壮体格。他非常迷人，眼中闪烁着智慧的光芒。他肯定对她这种充满世俗气息的回答感到失望了，她也对自己感到失望，但她不能说谎。

“看着我。”巫师说。

布莱达感到羞愧，但还是照做了。

“你说了真话，我会当你的导师。”

夜幕降临，群星在无月的夜空中闪烁，布莱达用两小时将自己的生活全部讲给这个陌生人听。她想找到一些事实，以证明自己对魔法的兴趣。比如童年看到的幻象，内心的召唤，预感之类。但她什么也没找到。她想学，仅此而已。为此她已经学习了占星术、塔罗牌和数字命理学。

“那些只是语言。”巫师说，“其实还不只那些。魔法讲人类心灵的所有语言。”

“那究竟什么是魔法？”她问。

尽管是在黑暗中，布莱达也能感觉到对方把头转开了。巫师出神地望着天，似乎是在寻找答案。

“魔法是一座桥。”他终于开口，“它能让你从可见世界进入不可见的世界，并学习这两个世界的知识。”

“我怎样才能学会过桥？”

“你要找到属于自己的方式。每个人的方式都不同。”

“我就是来寻找它的。”

“有两种形式。”巫师说，“一是太阳传统，即通过空间和我们周围的万物来揭示秘密。另一个是月亮传统，即通过时间和时间长河中所记载的一切来揭示秘密。”

布莱达明白了。太阳传统就是这个夜晚，是周围的树，是侵入身体的凉意和满天的星辰。而月亮传统则是眼前的这个人，他眼中闪耀着先人留下的智慧。

“我曾学过月亮传统。”巫师像是猜到了布莱达的心思，“但我从未成为月亮传统的导师。我是太阳传统的导师。”

“教我太阳传统吧。”布莱达略微有些不安，她听出他的语气变得温和。

“我会教你我所学过的一切。但太阳传统有很多分支。每个人都应该相信他有自学的能力。”

布莱达是对的，巫师的口吻确实变温柔了，这不但没让她放心，反而让她害怕。

“我知道我能理解太阳传统。”布莱达说。

巫师不再看星星，而是将视线汇聚到布莱达身上。他知道她还没有作好充分的准备去学习太阳传统，但还是决定教她，因为有些学生是会自己选择老师的。

“在第一节课开始之前，我要提醒你，若是你找到了自己的路，一定不要害怕，你需要拿出足够的勇气去犯错。失败、失望、沮丧都是上帝的工具，用以向人们展示正确的道路。”

“真是奇怪的工具。”布莱达说，“很多时候会让人无法坚持。”

巫师知道这些工具的作用，他的身体和心灵都经受过考验。

“教我太阳传统。”她坚持。

巫师让布莱达放松地靠在岩石上。

“不需要闭眼，看看你周围的一切，尽量去领会，去感知，太阳传统每时每刻都在向人们展现无尽的智慧。”

布莱达照巫师说的做了，但她觉得他进行得太快。

“这是第一节课，也是最重要的一节课。”他说，“这是一位西班牙神秘主义者创造的，他懂得信仰的意义，他的名字是圣十字若望[1]。”

他看着布莱达热切、信赖的脸庞。他在心中祈祷，希望她能理解他必须教授的内容。毕竟她是巫师的灵魂伴侣，虽然她还不知道，虽然她还很年轻，并且迷恋着世间的万事万物。

---

① 圣十字若望（San Juan de la Cruz, 1542－1591），天主教改革的重要人物，西班牙神秘主义者，是天主教三十三位圣师之一。

在黑暗中，布莱达隐约看到巫师的身影退入森林，消失在她左侧的树影中。布莱达独自一人待在那里，感到十分害怕，但她尽量保持松弛。这是第一节课，她不想表现出紧张与恐惧。

“他既收我做门徒，我便不能让他失望。”

布莱达为自己感到高兴，同时惊讶于一切进展得如此之快。并不是说她已不再怀疑自己的能力，她只是为自己自豪，为能走到这一步而感到骄傲。她确定巫师正在附近某处观察着她的反应，看她是否有能力开始魔法的第一课。巫师说过要有勇气，所以即使她觉得害怕——她的脑海中开始出现蛇和蝎子的样子，它们可能就生活在这里的石头下——也必须勇敢。巫师很快就会回来，继续教她第一课。

“我是个坚强、坚定的女人。”她低声重复着这句话。能和这个受人爱戴和让人敬畏的男人一起待在这儿，她深感荣幸。布莱达回想着和巫师共同度过的傍晚，想起了他话语中突然显露温柔的时刻。“他可能也觉得我是很有趣的女人吧。甚至可能想和我上床。”应该会是不错的体验，毕竟，他眼中有奇异的光彩。

“多愚蠢的想法。”她在那里，探求通向智慧的道路，却突然发现自己不过是个普通女人。她努力让自己不再胡思乱想，然后才意识到巫师已经离开很久了。

她开始发慌。人们对巫师的评价褒贬不一。有人称赞他是有史以来最强大的导师,仅用念力便能改变风向,穿透云彩。布莱达和所有人一样，醉心于这份奇妙的能力。

然而，一些和她一样正在学习魔法的人却不以为然。他们说巫师是黑巫师，曾用魔法害过一个男人，只因为他爱上了这个男人的妻子。这就是他孤身一人游荡在森林里的原因,这是对他的惩罚，即便是导师也不能逃脱惩罚。

“可能是寂寞把他逼疯了。”布莱达这么想着，又一次感到惊慌失措。她虽年纪不大，却已知晓寂寞能对人造成怎样的伤害，尤其是对年纪大一些的人来说。她曾遇到过一些失去了生命光彩的人,因为他们敌不过寂寞,最终对寂寞上了瘾。这些人大多认为世上已没有尊严和荣耀，他们只会不停指责别人的错误。寂寞使他们成为世界的审判者，判决传遍四方，给想听的人听。或许巫师也因为寂寞发疯了。

突然，耳边传来巨大声响，布莱达吓得跳了起来，心跳加快，之前那点自信消失得无影无踪。她环顾周围，什么也看不清。恐惧像海浪一样从她的腹部涌起，随即流遍全身。

“我必须要控制住自己。”她心想，但却做不到。蛇、蝎子和童年时的幻象开始在她眼前闪现。她害怕得不得了，完全控制不住自己。她还想象出这样的场景：一个强大的男巫师和魔鬼订下契约，将要献上她作为祭品。

“你在哪儿啊？”她哭喊道。她已经不在乎自己的形象了，只想马上离开。

没有任何回音。

“我想离开这儿，谁来救救我！”

只有森林和森林里奇怪的声响，没有人回答。布莱达因恐惧而头晕眼花，她觉得自己就要晕过去了。但是不可以，既然她确信巫师就在周围，现在晕倒只能使情况变得更糟。她必须控制住自己。

这种想法让她意识到身体里有某种力量正在帮她自控。她对自己说：“我不能再喊了。”喊叫声可能会引来游荡在森林里的野人，他们也许比野兽更危险。

“我有信仰，”她小声重复着，“我信仰上帝，信仰我的守护神，是上帝将我带到这里，他就在我身边。虽然我不知道他什么样，但我知道他就在身边。我不会被任何一块石头绊倒。”

最后这句话出自布莱达小时候学会的一首圣歌，已经很多年没有出现在她脑海中了。那是不久前去世的祖母教她唱的。她希望此时祖母能在她的身边；这愿望让她马上体会到一种亲切的氛围。

她开始懂得危险和恐惧之间有很大的差异。

“居住在神圣隐蔽之处的……”圣歌是这样开始的。她发现自己一个词一个词地记起来了，就像祖母正在唱给她听一样。她继续唱了一会儿，虽然还是觉得害怕，心里却平静了一些。她别无选择：要么相信上帝和自己的守护神，要么陷入绝望。

她觉得自己受到了保护。“我必须相信这种感觉。我无法解释，但这种感觉确实存在。它会陪我度过这一夜，因为我还不知道如何找到方法摆脱寂寞。”

布莱达小的时候常常在半夜惊醒。父亲会陪她到窗边看他们居住的小镇。他会讲起夜的守护神，还会告诉她，在那个时间，送奶工已经开始挨家挨户送牛奶了，面包师也开始烤面包了。父亲尽力驱散填满了她的夜晚的妖怪，而代之以黑暗中守望的普通人。父亲常说：“夜不过是一天中的一部分。”

夜不过是一天中的一部分。从此她在夜晚能感到受黑暗的保护，就和在白天一样，是黑暗让她祈求保护的力量。她必须相信这种感觉，这种信任就是信仰。人们无法解释信仰，但信仰就是她此刻正在体验的，毫无预兆地进入黑夜，它只因她相信而存在。人们也无法解释奇迹，只有相信奇迹的人才会看到奇迹发生。

“关于第一课他说过些什么。”布莱达想，突然她意识到发生了什么。她感受到了一种保护力量，是因为她相信它的存在。经过长时间的紧张不安，布莱达开始觉得疲劳。她慢慢放松了，随着时间流逝，感觉越来越安全。

她有信仰。信仰不会让这片森林变成蛇与蝎子的栖息地。信仰让她的守护神始终醒着，守望着。

布莱达重新靠在岩石上，沉沉地睡去。

布莱达醒来时，天已经亮了。美丽的阳光给周围的景物镀了一层金。她觉得有点儿冷，身上的衣服也脏了，但她的灵魂很欣喜。她独自一人平安地在森林里过了一夜。

布莱达环视四周，找寻着巫师的踪影，虽然她心里清楚这是无用之举。他一定正在丛林深处与上帝“沟通”呢。也许还想知道，那个前一晚来见他的女孩是否有勇气学习太阳传统的第一课。

“我了解了黑夜。”她向沉默的森林说道，“找寻上帝的过程就是黑夜，信仰就是黑夜。这并不奇怪，对于我们来说，每天都是黑夜。因为没人知道下一分钟会发生什么，即便如此，人们还是不断前进。因为我们相信，因为我们有信仰。”

谁知道呢，也可能是因为人们不懂下一秒钟所蕴藏的奥秘。不过这些都不重要了，重要的是布莱达明白了：

生命的每一分钟都是信仰的展现。

这一分钟可以被蛇蝎占据，也可以充满强大的保护力量。

信仰无法解释。它就是黑夜。只能选择接受或是拒绝。

布莱达看了看表，发现已经很晚了。她必须去赶公共汽车，并且在三小时的车程中想好如何向男友解释，他绝不会相信她整晚独自待在森林里。

“太阳传统太难了！”布莱达朝森林喊道，“我要成为自己的导师，这可不是我所期望的。”

她看看下面的村庄，想了想该怎么穿过森林，然后站起身。还没走几步，她又转身回到岩石边上。

“我还想再说一句，”她喊道，声音中充满了快乐，“你是个很有意思的人。”

巫师靠在一棵老树的树干上，看着女孩的身影逐渐消失在森林里。他昨晚听到了女孩充满恐惧的叫喊。有那么一刻，他甚至被诱惑了，想过去拥抱她，让她不再惊慌，告诉她不用再接受这样的挑战了。

现在他很高兴自己没有那样做。尽管女孩还年轻，很多事情都不懂，但巫师为有这样的灵魂伴侣而感到骄傲。

都柏林市中心有一家专门销售神秘学书籍的书店，那里的书都是最前沿的。书店从不在报刊或杂志上登广告，人们都是经人指点后去那里买书的。店主很高兴，因为他的顾客都很专业，与众不同。

书店里总是挤满了人。布莱达曾多次听人说起这里，最终她从一位教星际旅行的老师那儿得到了地址。布莱达最近正在上他的课。某天下午，结束工作之后，布莱达去了那个书店，从此便着了迷。

她一有时间就去那儿看书，但从来不买，因为书都是进口的，十分昂贵。她习惯一本一本地翻阅，研究书里的图案和符号。她感觉到知识在悄然积累。见过巫师之后，布莱达变得比以前谨慎了。有时她会为自己哀叹，因为她只能设法参与自己可以理解的部分事情。她感到正在失去生命中一些重要的东西，如果继续这样下去只能不断重复同样的经验。但她就是没有勇气去改变。她需要不断努力去发现自己的路。现在她经历过了黑夜，知道自己并不想通过黑夜找到她的路。虽说偶尔会对自己感到不满，但布莱达就是无法突破自身的极限。

书店的书籍很权威。书架上摆放着再版的几百年前的古籍——很少有人敢在这一领域提出新的学说。书中年代久远的玄幻知识仿佛在嘲笑那些努力解释其中奥妙的一代又一代人。

除了看书，布莱达去书店还有另外一个目的：观察买书的人。有时她假装在看有关炼金术的著作，其实却在仔细观察那些男人、女人，通常都比她大，他们经常光顾书店，清楚自己要什么样的书，进门后就径直走向特定的书架。布莱达幻想着这些人的内心世界。有的人看上去很聪明，有能力唤醒普通人不曾知晓的力量。有的人很绝望，他们尝试重新寻找早已被遗忘的答案，若是找不到，生活将会变得索然无味。

她还注意到书店的常客习惯和店主聊天。聊的话题都很奇怪，比如月相，石头的属性，仪式用语的正确发音之类。

某天下午，布莱达也鼓起勇气和店主聊了起来。那天她的工作很顺利，所以下班后也想借助一下好运气。

“我知道有秘密团体存在。”她说。自认为这是很好的开场白——她可是“知道”一些事情的。

店主只是把目光从账本上移开，抬头惊讶地看着她。

“我见过民间巫师。”布莱达有点儿慌了，不知该如何继续，“他教会了我黑夜，还告诉我通向智慧的路就是不畏惧犯错误。”

布莱达注意到店主听得比之前专注了。既然巫师教了她一些东西，她一定是与众不同的。

“你既然都知道黑夜就是途径，为什么还来找书呢？”店主最终开口说道。布莱达意识到提及巫师并不是个好主意。

“因为我不想通过黑夜来学习魔法。”

店主看着面前的女孩。她显然有天赋。但奇怪的是，若仅仅是因为她有天赋，巫师是不会在她身上花时间的。肯定还有其他原因。也可能是她在说谎，但她确实知道黑夜。

“你经常到店里来。”他说，“进门之后看几本书，但从来不买。”

“这里的书太贵了。”布莱达意识到店主有兴趣继续聊下去，“我也读过其他的书，还上过很多课。”

她提了一些老师的名字。也许店主会更感兴趣。

但事情又没能如她所愿。店主打断了她的话，转身去招呼一个找书的顾客。那人想知道他预订的有未来一百年星象的天文年历是否到货了。

店主检查了柜台下的包裹，布莱达注意到包裹上贴着世界各地的邮票。

她越来越紧张。最初的勇气早已消失得无影无踪，但她别无选择，只能等着那位顾客确认书，付账，收下零钱，然后离开。店主这才再次转向她。

“我不知道该如何继续了。”布莱达说，眼睛里充满了泪水。

“你擅长做什么？”他问。

“跟着自己的信仰走。”这是唯一可能的答案。她一生都在追随自己所相信的一切。但问题是，她每天都会相信不同的事物。

店主在自己算账的草稿纸上写下一个名字，然后把纸撕下来攥在手里。

“我给你个地址。”他说，“有段时期人们很自然地接受了魔法的存在，那时甚至还没有祭司，没有人去追寻玄幻的奥秘。”

布莱达不知店主是否在说他自己的经历。

“你知道什么是魔法吗？”他问。

“魔法是一座桥，连接着可见的世界和不可见的世界。”

店主把纸递给她。上面有个电话号码以及一个人名：薇卡。

布莱达迅速抓过来，道谢之后离开了。走到门口时，她转身冲店主说：“我还知道魔法有很多语言，其中包括书店店主的语言，店主假装很难相处，其实却很慷慨很亲切。”

布莱达给了店主一个飞吻后离开了。店主停下手中算了一半的账，看着书店。“巫师还教会了她这些。”他想。就算天赋再强，也不足以让巫师如此感兴趣。一定还有别的原因。薇卡会弄明白的。

到关门的时间了。店主注意到最近书店的顾客群变了，变得越来越年轻。就像书架上堆积的古籍所预言的那样，事物最终开始回到出发的地方。

这是一幢位于市中心的古老建筑，如今，只有前来寻找十九世纪浪漫风情的游客才会光临此地。布莱达等待了一周之后，终于得到了薇卡同意见面的回应。站在这栋神秘的灰色建筑物前，她尽力控制着激动的心情。这楼完全符合她的想象，经常光顾那种书店的人就该住在这样的楼里。

大楼没有电梯。布莱达只能走楼梯，为了避免气喘吁吁地出现在薇卡面前，她慢慢地上楼。站在四楼唯一的一扇门前，她按响门铃。

门里传来狗叫声。片刻之后，一位衣着讲究的女士打开了门。她身材苗条，表情严肃。

“我给你打过电话。”布莱达说。

薇卡示意她进屋。布莱达发现自己置身于一个纯白的起居室，墙上挂的画、雕塑、桌上的花瓶都是现代艺术品。阳光透过白色的窗帘洒进屋内。房间被巧妙地划分成多个不同的区域，沙发、餐桌、放满书的书架。一切装饰都极有品位，让布莱达想起了她经常在报摊翻阅的家装杂志。

“肯定花了不少钱。”这是她唯一的想法。

薇卡带布莱达走进宽敞的客厅，来到两把意大利扶手椅前，扶手椅是用皮革和钢制成的，中间有张玻璃矮桌，桌腿也是钢质的。

“你很年轻。”薇卡终于开口说道。

她觉得再说学芭蕾太老了的话没什么意思，于是什么都没说，静静等着对方的下一句，心里琢磨着为什么如此古老的建筑里会有这么现代的设计。寻求知识的浪漫想法早被她抛诸脑后了。

“他给我打电话了。”薇卡说。布莱达知道她指的是书店店主。

“我来寻找导师。我想学习魔法。”

薇卡看着女孩。她确实有天赋，但只有天赋是不够的。她想知道巫师为何对她如此感兴趣。若他刚接触魔法不久，可能会被这女孩显而易见的天赋迷住。然而他已经在这条路上走了很久，足以明白每个人都有天赋，不会再落入这样的陷阱了。

薇卡起身走向书架，拿出她最喜爱的一副牌。

“你会玩吗？”她问。

布莱达点点头。她上过这方面的课，知道薇卡手中拿的是塔罗牌，一共七十八张。她学过几种塔罗牌的布阵方法，很高兴能有机会展示一下。

然而薇卡没把牌给她，而是自己洗牌，然后没有以任何特殊形式将牌扣在玻璃桌上。这是布莱达从未学过的。薇卡注视着牌，用一种奇怪的语言说了些什么，之后她翻开了一张。是梅花国王。

“有力的保护。”她说，“来自一个有权势的男人，强壮，黑色头发。”

布莱达的男友既没权势，也不强壮。而巫师的头发是灰色的。

“不要只考虑外表。”薇卡好像看透了她的心思，“想一想你的灵魂伴侣。”

“什么是灵魂伴侣？”布莱达很惊讶。这个女人让她产生了一种莫名的敬意，和对巫师或书店店主的敬意是不同的。

薇卡没有回答。她重新洗牌，之后又把牌零乱地摆在桌上，只不过这次牌面朝上。在杂乱的牌阵中，占据中心位置的是八号牌，力量，上面画的是一个女人正用手掰开狮子的嘴。

薇卡把它拿起来交给布莱达。布莱达接过来，虽然还不知道为什么要这么做。

“在你其他的转世化身中，强势的一方总是女性。”薇卡说。

“到底什么是灵魂伴侣？”布莱达又问了一次，这是她第一次挑战薇卡，尽管只是很胆怯的挑战。

薇卡沉默了片刻。脑中闪过一丝疑惑，难道巫师没有告诉这女孩什么是灵魂伴侣？不可能啊，她自言自语，不再去想这个问题。

“对于想学习月亮传统的人来说，灵魂伴侣是最先要掌握的概念。”她答道，“只有明白了什么是灵魂伴侣，才能了解知识是怎样在时间中传递的。”

薇卡开始解释。布莱达静静地听着，渴望得到答案。

“我们是永恒的，因为我们是上帝的显现方式。”薇卡说，“这就是为什么我们历经多次生死轮回，来自无人知晓之处，又同样去往无人知晓的地方。事实就是，很多时候魔法没有解释，现在没有，将来也不会有。上帝有自己的处事方法，为何如此，是专属他的秘密。”

“就像信仰的黑夜一样无法解释。”布莱达想，原来这同样存在于月亮传统之中。

“实际上，”薇卡继续说，“当人们想到转世轮回，都会面对一道难题：最初，地球上只有少数人类，而如今有这么多人，那些新的灵魂来自何方？”

布莱达屏住了呼吸。这个问题她已经问过自己很多次了。

“答案很简单。”薇卡玩味地看着布莱达着急的样子，片刻之后才又开口说道，“在转世的过程中，我们会分裂。我们的灵魂会分裂，就像水晶、星尘、细胞和植物一样。我们的灵魂一分为二，那些新的灵魂在转世过程中又会再次一分为二。经过几代之后，我们就分布在地球上的大部分地区了。”

“在这些分散的部分中，只有一个会知道自己是谁吗？”布莱达问道。她有很多问题要问，但只想每次问一个，这个问题是她认为最重要的。

薇卡没有回答，而是接着说：“我们都是炼金术士们所说的世界灵魂（Anima Mundi）的组成部分。其实，若世界灵魂不停分裂,数量便会一直增加,但能量会随分裂而变弱。因此，灵魂会分裂，同时也会重聚。灵魂总是分裂成两部分，一部分是男性，另一部分是女性。我们称他们的重聚为爱。创世纪就是这样解释爱的：亚当的灵魂分裂，夏娃是亚当的一部分。”薇卡突然停下，坐下来看着铺在桌上的牌。

“这儿有很多张牌。”她继续说，“但它们都属于同一副。为了解其中的奥秘，我们需要所有的牌，每一张都同样重要。灵魂也是这样。人们都有内在联系，就像桌上这副牌一样。在每一次轮回中，我们都肩负着一项神秘的责任，那就是至少要找到一个‘灵魂伴侣’。将灵魂分裂的上帝之爱很乐于见到爱能使灵魂重聚。”

“但我怎么才能知道谁是我的灵魂伴侣？”布莱达觉得这是她这辈子问过的最重要的问题。

薇卡笑了。她也曾这样问过自己，也曾像面前这女孩一样急切地想知道答案。人们可以通过眼中闪烁的光芒来识别灵魂伴侣，这是自古以来识别真爱的方法。月亮传统还有另一种方法：灵魂伴侣的左肩上有个光点。薇卡并不打算把这些告诉布莱达。也许最终她能看到那光点，也许不能。答案很快就会见分晓。

“这需要冒险。”薇卡对布莱达说，“可能会失败，沮丧，甚至绝望，但不要放弃寻找爱。锲而不舍的人才会胜利。”

布莱达记起巫师在提到魔法之路的时候曾说过类似的话。

“也许就是这么一回事吧。”她心想。

薇卡开始收拾塔罗牌。布莱达预感到谈话就要结束了。但是她还有一个问题。

“我们可能在一次轮回中遇到不止一个灵魂伴侣吗？”

是的，薇卡想，带着些许苦涩。当这样的情况发生时，心便会分裂，结局将是痛苦和折磨。是的，我们可能会遇到三个甚至是四个灵魂伴侣，因为我们分裂成太多片了，而且很分散。女孩问到点子上了，而她需要避开这个问题。

“万物的本质有且只有一个。”她说，“这一本质就是爱。爱是使我们重聚的力量，它会把来自世界各地，各种不同的人生经历凝聚起来。

“我们要为整个世界负责，因为我们不知道，那些从时间初始就存在的灵魂伴侣，如今究竟分散在哪里。若他们过得好，我们也会幸福。若他们过得不好，我们也会经历他们的部分痛苦，即便是无意识的。然而，更重要的是，我们要负责与他们重聚。每轮转世至少要有一次，和出现在自己生活道路上的灵魂伴侣重聚。即便是短暂的瞬间也好，因为那片刻时间所带来的爱，足以让我们之后的人生变得有意义。”

从厨房传来了狗叫声。薇卡收好牌，再次看向布莱达。

“我们也可以任由灵魂伴侣溜走，不接受他，甚至不去注意他。这就需要我们之后再轮回一次，去找到他。若我们出于自私犯了错，则将被处以极刑，那刑罚是人类自己发明的，它叫作：寂寞。”

薇卡起身，把布莱达送到门口。

在告别之前，薇卡说:“你来这里不是为了寻找灵魂伴侣的。你有天赋，等我知道你拥有的是何种天赋之后，也许会教你月亮传统。”

布莱达觉得薇卡很特别。她这感觉没错——薇卡让她产生的敬意几乎是之前对任何人都不曾有过的。

“我会尽力的。我想学习月亮传统。”她想，“因为月亮传统不需要在黑暗的森林里独自过夜。”

“听着，小姑娘。”薇卡严肃地说，“从今天起的每一天，你选一个固定的时间，自己一个人练习塔罗牌，像我刚才做的那样，完全随意地铺开。不要刻意去理解其中的含义。只是注视着牌就行。它们会教你目前需要知道的一切。”

“这就像太阳传统:我又一次自学了。”布莱达边下楼边想。直到坐上公共汽车，她才意识到刚才薇卡谈到了“天赋”。但她只能等下次见面的时候再问了。

整个星期，布莱达每天用半小时练习塔罗牌。她晚上十点睡觉，定好凌晨一点的闹钟，准时起床，迅速喝杯咖啡，之后便坐下盯着塔罗牌苦思冥想，想要破解其中隐藏的语言。

第一天夜里，布莱达异常兴奋。她坚信薇卡已经传授给她某种秘密仪式，并尝试摆出那天薇卡布的牌阵，期待神秘信息自己显现。半小时过后，除了看到一些无关紧要的幻象之外，再无其他。布莱达觉得那些幻象也不过是自己想象出来的。

第二天她重复着前一天的尝试。薇卡说过塔罗牌会讲述它们自身的故事。根据之前上过的一些课程来看，那是个十分古老的故事，可以追溯到三千多年前，那时人类还很接近原始智慧。

“这些图案看起来很简单啊。”布莱达心想。一个用力掰开狮口的女人，两个神秘的动物拉着一辆马车，一个男人坐在一张放满东西的桌子前。有人教过她，塔罗牌就是一本书，神圣智慧用这本书记录下人类生命旅途中的主要变化。作者知道，比起看书，人们更喜欢游戏，于是便将这本圣书转化为游戏的形式，代代流传。塔罗牌是神的发明。

“不会这么简单。”布莱达一次次地把牌摆在桌上。她了解那些复杂的方法，详尽的体系，而凌乱的牌阵逐渐搅乱了她的理智。第六天夜里，她发火了，把所有牌都扔到地上。有那么一刻，她认为自己的失控是魔法给的灵感，但结果仍然让人不满。只有一些无法名状的潜意识，她觉得那都来源于自己的想象。

与此同时，灵魂伴侣这个词一直在她脑子里打转，一秒都不曾离开。一开始她仿佛回到了青春期，整天梦见着了魔的王子翻山越岭只为找到水晶鞋的主人，或是以吻唤醒一位睡美人。“寻找灵魂伴侣这样的事只会发生在童话故事里。”她半开玩笑似的对自己说。她对魔法世界最初的了解就来源于童话，目前她在努力试图进入这个世界，她不明白为何人们逐渐远离了魔法世界，他们小时候明明从中获得了无限乐趣。

“可能他们并不喜欢快乐。”她觉得自己这话说得很荒谬，但还是将它当作很有创意的想法记在日记中。

整整一周，布莱达满脑子都是灵魂伴侣，她被一个可怕的感觉紧紧抓住了：万一她选错人了呢。第八天夜里，布莱达再次起床徒劳地凝视塔罗牌，在依旧毫无结果的情况下，她决定约男友第二天共进晚餐。

布莱达选了一家便宜的餐厅，因为每次吃饭男友都坚持由他结账，尽管他给物理学教授当助教的工资远不及布莱达当秘书的工资高。夏天还没有过去，他们坐在餐馆外靠近河边的位置。

“我想知道那些魔法什么时候能再让我跟你同床共枕。”劳伦斯打趣说。

布莱达温柔地看着他。是她要求劳伦斯两周内不要到她的公寓去，他同意了，只是温和地抗议了一下，好让布莱达明白他有多爱她。他也在用自己的方式探寻世界的奥秘。若是有一天他提出同样的要求，布莱达也会答应的。

他们从容不迫地吃着饭，大部分时间只是沉默地看着河上的小船和在河边散步的人们。桌上的白葡萄酒很快就见底了，又加了一瓶。半小时之后，他们将两把椅子并在一起，相拥着仰视夏夜的星空。

“你看这片天。”劳伦斯轻抚着布莱达的头发，“我们现在看到的是和数千年前一样的天空。”

他在他们相遇的那天说过同样的话，但布莱达不想打断他，他以这种方式与布莱达分享自己的世界。

“我们现在看到的这些星星，有很多已经消失了，但它们的光仍然在宇宙中传播。还有些星星早就诞生了，但因为离我们太远，所以它们的光还没有传到这里。”

“这样一来不就没人知道真正的天空是什么样了吗？”这问题布莱达也在相遇那天问过了，但幸福的时刻重复多少次也不嫌多。

“不知道。我们只学习能看到的东西，但能看到的东西并不一定就存在。”

“我想问你一个问题。我们是由什么构成的？构成我们身体的那些微小原子是从哪儿来的？”

劳伦斯望着古老的天空回答道：“我们和这些星星还有面前的这条河同时产生，就在宇宙开始的第一秒。”

“那在这最初的创造之后就没再增加什么吗？”

“一点也没有增加。一切都移动了并且持续移动着，一切都经过了转化并在继续转化着，但宇宙中的所有物质还和千百万年前一样，就连一个原子也没有增加。”

布莱达看看眼前的河流，天上的星星。河水在地表上的流动很容易看出来，但星星在天空中的移动却不容易发现。然而它们确实都在移动。

两人默默地看着一只小船从河上驶过，看了很久。“劳伦斯，”布莱达最终打破了沉默，“我现在想问你一个问题，可能有点荒谬：在物理学上，组成我身体的原子，有没有可能是来自以前存在的某人？”

劳伦斯吃惊地看着布莱达。“你这是什么意思？”

“就是我问的这个问题。可能吗？”

“那些原子可能存在于植物、昆虫中，可能转化为氦分子，也可能在地球上百万公里以外的地方。”

“但有没有可能某个已经去世的人，他身上的原子如今在我和另外一个人的身上？”

他沉默了片刻，最终回答道：“有可能。”

远处一艘游艇缓缓驶过水面，音乐声逐渐飘近，虽然还有一段距离，但布莱达能看到船舱窗口中水手的剪影，像是被窗框装裱了起来。那音乐让她回到了自己的青春期，她想起学校的舞会，卧室的味道，用来绑马尾辫的头绳的颜色。布莱达知道劳伦斯以前从未想过自己刚才提出的问题，这会儿他可能在猜想自己身上的原子是否来自维京战士、火山爆发或那些神秘消失的史前动物。

但她并不关心这些。她唯一想知道的是：这个温柔地拥抱着她的男人，是否曾经是她的一部分。

游艇渐渐驶近了，音乐声包围了他们。其他桌的客人也都停止交谈，找寻着声音的源头。每个人都曾年轻过，参加过学校的舞会，梦见过勇士和公主的故事。

“我爱你，劳伦斯。”

布莱达抱着一线希望，希望这个知晓星星历史的小伙子身上有她前世的一部分。

“没有用，我做不到。”

布莱达从床上坐起来，伸手拿起床头柜上的烟，她一反常态，空腹抽起烟来。

这是因为两天之后就要再次和薇卡见面了。在过去的两个星期里，布莱达确定自己尽了最大的努力。她把一切希望都寄托在那个漂亮又神秘的女人教给她的摊开牌的方法上，为了不让对方失望而一直在努力，但塔罗牌拒绝向她展示秘密。

在此前三天的夜里，每次布莱达结束练习之后都想大哭一场。她脆弱、孤独，感觉机会正从指缝中溜走。她再次感到生活对她与对别人是不同的：生活给了她所有可以成功的机会，但每当她接近目标，大地便会裂开将她吞噬。她的学业是这样，之前的几段感情是这样，那些她已不再向任何人提起的梦想也是这样。她觉得自己如今想走的路也将会迎来一样的结局。

她想起了巫师，也许他能帮上忙。但布莱达曾向自己许诺，只有掌握了足够面对他的魔法才能再回去找他。

现在看来是没有那一天了。

在起床去准备早饭之前，她在床上躺了好长时间。最终，她鼓起勇气，决定再坚持一天，再面对一次“每日黑夜”，自从在森林里过了一夜之后，她就习惯这样称呼夜晚。她准备好咖啡，看看表，时间还早。

布莱达走到书架旁，在书里寻找书店店主给她的那张纸。还是有其他路可走的，她安慰自己。既然能找到巫师，又找到了薇卡，总有一天她会找到那个正确的人，用她能明白的方式传授她魔法。

但她知道这只是个借口。

“我总是半途而废。”她非常沮丧地想着。也许生活将很快意识到这点，然后不再一次次地给她提供机会。又或者因为她总是刚开始就放弃，所以她在没迈出一步的情况下就断了所有的路。

然而她就是如此，而且觉得自己越来越软弱，越来越难改变。几年前，若是对自己做的事感到遗憾，她还偶尔会有改变的举措。如今，她已经开始接受自己的错误。她认识一些同样如此的人——他们都习惯了自己的错误，并且渐渐把它们当作美德。到了那时一切都为时已晚。

她不想给薇卡打电话，干脆就这样消失算了。但书店怎么办，这样一来她便没有勇气再去那家书店了。如果就这么消失，下次去书店的时候店主不会给她好脸色看。“这种事以前发生过。因为我不经思考地远离了一个人，最终和一些我很在乎的人也逐渐疏远。”现在她不能再犯同样的错。在这条路上获得一些重要的联系方式是很难的。

她鼓起勇气拨通了纸上的电话号码。薇卡接了起来。

“我明天不能去你那儿了。”布莱达说。

“你不来，水管工也不来。”薇卡回答道。有那么一瞬间，布莱达不明白对方在说什么。

然而薇卡开始抱怨，说厨房的水槽坏了，她好几次叫水管工来修，却一直没有人来。她开始长篇大论地讲起那些老旧的建筑，看上去庄严雄伟，其实到处都是毛病。

“你手边有塔罗牌吗？”正说着水管工的时候，薇卡突然问了一句。

布莱达很惊讶，回答说有。薇卡让她把牌在桌子上摊开，说是要教她用塔罗牌来预测水管工第二天早上会不会去薇卡家。

布莱达感到更惊讶了，但还是照做。她把牌在桌上摊开，心不在焉地盯着它们，等待着电话那头的下一步指示。她越来越没有勇气说出自己打这个电话的真实目的。

薇卡不停地说话，布莱达决定耐心地听下去。也许她能和薇卡做朋友。也许她要是再耐心一点，薇卡就会教她通往月亮传统的捷径。

然而薇卡却一件接一件不停地说着无关的事。在结束了对水管工冗长的抱怨之后，她开始讲述她和大楼管理员关于看门人工资问题的争吵。之后她又提到一篇关于退休金的报道。

布莱达小声附和着，同意对方的全部观点，但其实已经听不进去了。她感到极度厌烦。在早上的这一个小时里听一个几乎不认识的女人发表关于水管工、看门人以及退休人员的长篇大论是布莱达这辈子经历过的最无聊的事之一。她尝试盯着桌上的塔罗牌分散注意力，却注意到了一些之前忽略掉的小细节。

薇卡时不时会问布莱达是否在听她讲话，布莱达含混地答应。但她已经开始神游了，思绪飘到了从没到过的地方。牌上的每个细节好像都在推她向更远的地方前进。

突然，就像是陷入梦境一般，布莱达再也听不到薇卡说什么了。一个声音开始低语，像是从内部发出的，但她知道那应该是从外界传来。“你明白吗？”布莱达回答是。“你明白吗？”那个神秘的声音再次问道。

这一点也不重要。她面前的塔罗牌开始展现奇幻的景象：只束着围腰布的男人们，古铜色的肌肤上涂着油，有些人戴着面具，看起来像是巨大的鱼头。云朵迅速地掠过天空，好像一切都比正常速度快，场景突然转换到一个广场，四周环绕着宏伟的建筑，几个老人正急切地向一些年轻人讲述着秘密，好像某种古老的知识马上就要永远消失。

“7+8 就是我的号码，我是恶魔，我在这本书上签过名。”一个身穿中世纪服装的小伙子说道。之后场景转到了一场宴会上，一些喝醉的男人、女人在对她笑。接着转换到了海边，露出一个嵌在岩石中的庙宇，乌云逐渐遮蔽了原本灿烂光辉的天空。

一扇门出现了，十分厚重，就像古堡的门一样。门离布莱达越来越近，她预感到自己很快就能将它打开。

“回来。”那个声音说。

“回来。”声音从电话里传来，是薇卡。布莱达生气了，中断了如此奇幻的体验难道就为了去听她讲水管工和看门人的故事吗？

“稍等一会儿。”她回答，努力尝试回到那扇门前，但一切都消失了。

“我知道发生了什么。”薇卡告诉她。布莱达惊呆了，她不明白究竟是怎么回事。

“我知道发生了什么。”薇卡又说了一次，作为对布莱达沉默的回应，“我不会再说水管工的事了，他上星期就来过了，已经修好了所有东西。”

在挂电话之前，薇卡说希望在约定的时间和布莱达见面。

布莱达没有道别就挂上了电话。她盯着厨房的墙壁呆坐了很久，最终抽抽搭搭、如释重负地啜泣起来。

“那是一个骗局。”当两人再次坐在意大利扶手椅上时，薇卡对受到惊吓的布莱达说。

“我知道你现在的感受。”薇卡继续说，“有时我们能走上这条路恰恰是因为我们不相信它。于是一切就简单了：我们只要证明那不是自己的路就好了。然而，当这条路向我们展露真相时，我们反而不敢再向前走了。”

薇卡说她不明白为什么很多人终其一生去否定自己不想走的路，而不去走那条唯一能够指引他们到达终点的路。

“我不相信那是骗局。”布莱达提出异议。她已经没有想要挑战的冲动了，而是十分尊敬薇卡。

“你看到的并不是骗局，我指的是电话。

“数百万年来，人们只和自己能看到的人交谈。突然，就在一个世纪内，‘看’和‘说’分离了。现在我们认为这很正常，却忽视了它对我们造成的巨大影响。我们的身体仍然没有适应。

“实际结果就是，我们在讲电话时经常会进入一种类似于魔法的迷幻状态。大脑转换到另一种频率，对不可见世界更加敏感。我知道有一些女巫经常在电话旁边放上纸和笔，边讲电话边在纸上随意涂鸦。挂上电话后，她们发现纸上那些看似无意义的涂鸦通常便是月亮传统的符号。”

“为什么塔罗牌会向我展示那些幻象？”

“这是想学魔法的人都会遇到的问题。”薇卡说，“当我们开始走上这条路时，常常会对想要达到的目标有个比较明确的想法。女人们通常在寻找灵魂伴侣，男人们在寻找力量。没有人仅仅对学习本身感兴趣。人们都想通过学习魔法，实现各自的目标。

“然而，魔法之路就像生活一样，总是充满了神秘。学习魔法意味着要进入一个完全未知的世界。为了学习，必须保持谦卑的态度。”

“就像是进入黑夜。”布莱达说。

“别打断我。”薇卡的声音里带着一点儿怒气，布莱达知道那并不是针对自己的。“也许她是在生巫师的气。”她想，“也许薇卡以前爱上过巫师，毕竟他们年纪相仿。”

“对不起。”布莱达道歉。

“没关系。”薇卡好像也对自己之前的反应感到惊讶。

“你正在跟我说塔罗牌。”

“你每次把牌摊到桌子上的时候，心里总是预期会发生什么。你从不让它们去讲自己的故事，而只是设法让它们证实你的想象。我们刚开始通电话时我就明白了这一点。我也意识到，这是一个信号，说明电话是我的帮手。我开始讲很无聊的事，同时让你看着牌。你进入了电话引起的幻术中，而塔罗牌引你走进了魔法世界。”

薇卡建议布莱达以后多注意正在通电话的人的眼睛，她会对自己看到的一切感到惊讶的。

“我还有个问题。”两个人在薇卡家现代而实用的厨房里喝茶时，布莱达问道。

“我想知道你为何没有任由我放弃这条路？”

“因为我想知道，巫师除了看出你有天赋之外，还看出了什么。”薇卡心想。

“因为你有天赋。”她回答。

“你怎么知道我有天赋？”

“很简单，从耳朵看出来的。”

“从耳朵就能看出来！真叫人失望！”布莱达心想，“我还以为她看到了我身上的灵气呢。”

“每个人都有天赋，但是一些人出生时天赋就很明显，而另一些人，比如我，需要相当努力才能让天赋展现出来。一出生便显露天赋的人耳垂上有小小的多余的肉。”

布莱达下意识地去摸自己的耳垂，真的有。

“你有车吗？”薇卡问。

“没有。”布莱达说。她确实没有车。

“那就准备花一笔出租车费吧。”薇卡说着站起身来，“我们该迈出下一步了。”

“一切都进行得太快了。”布莱达站起来时想。生活开始变得像她在幻境中看到的云一样。

下午三点左右，她们到达了都柏林南部三十公里外的群山。“坐公共汽车也能到这儿。”布莱达一边付车费一边嘟囔。薇卡带了一个大背包和几件衣服。

“如果你们愿意，我可以在这里等。”司机说，“这儿人迹罕至，很难叫到车。”

“不用担心。”薇卡回答，这让布莱达松了一口气，“我们想要什么就能得到什么。”

司机诧异地看了看两个女人，把车开走了。布莱达和薇卡面前是一片桉树林，一直延伸到最近一座山的脚下。

“请求森林的精灵允许你进入。”薇卡说，“他们喜欢彬彬有礼的人。”

布莱达作了请求。刚才看上去还非常普通的森林像是刹那间有了生命。

“要始终保持可见世界与不可见世界之间的联系。”她们进入桉树林时，薇卡说，“宇宙中的一切都拥有生命。你要学会和这些生命保持联系。他们能听懂你的语言。世界对你来说将开始拥有不同的意义。”

布莱达惊讶于薇卡的轻盈，她的脚步像漂浮在地面上一样，没有发出一点声响。

她们到达林中的一片空地，边上有一块巨石。正当布莱达思索着石头怎么会出现在这里时，她看到空地中间有生过火的痕迹。

这地方很美。离黄昏到来还有好几个小时，夏日午后的太阳闪耀着温暖的金色光芒。鸟儿在歌唱，落叶在清风中沙沙作响。借着高高的地势，她可以望见远方的地平线。

薇卡从包里拿出一件斗篷，披在身上。她把包放在不远处的树丛间，从空地上看不到那里。

“坐下。”她说。

薇卡不知为何变得不一样了。布莱达不知道是因为那件斗篷，还是因为自己对身处的这个环境产生了深深的敬意。

“首先，我要解释一下将要做的事。我要弄清你的天赋是如何展现的，只有清楚了这一点，我才能开始教你。”

薇卡让布莱达放松，把自己交予这美丽的地方，就像之前被塔罗牌支配那样。

“在过去的生活中，你已经有过走上魔法道路的经验了，我是从你向我描述的塔罗牌幻象中得知这一点的。”

布莱达闭上了眼睛，但薇卡让她睁开。

“具有魔力的地方都是很美的，值得被凝视。大地上的精灵在瀑布、山峦和森林之中玩耍、欢笑，与人类交谈。你现在就在神圣之地，这里向你展示了鸟儿与清风。你该为此感谢上帝，感谢鸟儿，感谢风，感谢栖息于此的精灵。要始终保持可见世界与不可见世界之间的联系。”

薇卡的声音让布莱达越来越放松。此时，她感受到了一种虔诚的敬意。

“我那天提到过魔法的终极奥秘之一：灵魂伴侣。地球上所有人终其一生就只为一件事——寻找灵魂伴侣。也许会伪装成在追求智慧、金钱或权势，但那些都无关紧要。如果一个人无法找到自己的灵魂伴侣，他将永远觉得不完整。”

“当然也有例外，一些天使的后裔需要保持孤独，才能见到上帝。剩下的人若想与上帝交流，就必须在人生的某一时刻找到自己的灵魂伴侣。”

布莱达注意到空气中充满了一种奇异的力量。有一刻，她的眼中充满泪水，却不知道为什么。

“我们在时间的黑夜中分裂时，男人们承担了传承知识的责任。他们通晓农业、自然和星体运行。知识使宇宙万物各司其职，使星体运转如常。传承知识是男人的荣耀，也使得人类得以生存。女人，则被赋予了更加微妙、脆弱的能力，那就是转化。如果没有转化，知识便会失去意义。男人使土壤肥沃，我们播下种子，土壤便可转化为花草树木。土壤需要种子，种子需要土壤，二者相互依存。人类亦是如此。男性传承的知识与女性的转化能力交会，便产生了伟大的有魔力的集合，它的名字叫智慧。智慧就是认识和转化。”

布莱达感到风变强了，她知道薇卡在试图让她重新进入幻境。森林中的精灵似乎活跃又专注。

“躺下。”薇卡说。

布莱达向后躺倒，伸直双腿。她的上方，万里无云的蓝天在发光。

“去寻找你的天赋吧。我今天不能和你一起去，但不要害怕。你越了解自己，就越了解这个世界。这样也才会更接近你的灵魂伴侣。”

薇卡跪下来，看着面前的女孩。“她就和我以前一样。”她温柔地想，“寻找着万事万物的终极意义，像古时候那些自信、强大、能统治自己族群的女人那样去看待世界。”

那时，无论如何，上帝曾是女人。薇卡俯身趴在布莱达身上，解开布莱达的皮带并把牛仔裤的拉链拉开一半。布莱达的肌肉紧绷起来。

“别担心。”薇卡温柔地说。

她撩起女孩的上衣，露出肚脐，接着从斗篷的口袋里拿出一块水晶，把它放在女孩肚脐上。

“现在闭上眼睛。”她柔声说，“想象天空的颜色，但是眼睛要闭上。”

她又从斗篷里拿出一小块紫水晶，把它放在布莱达紧闭的双目之间。

“从现在开始，严格按照我说的话去做，不要担心其他事。”

“你现在身处宇宙中央。星星和一些闪耀着光芒的天体围绕在你身边。去体验这个场景，感受它们完全包围着你，而不仅仅将它当作一幅画来欣赏。感受凝视宇宙所产生的欢乐，没什么能打扰你。专注于你的欢乐，不需要觉得内疚。”

布莱达注视着星光闪耀的宇宙，意识到听着薇卡的声音时自己可以进入其中。那声音让她想象宇宙中有一座大教堂。布莱达就真的看到了一座用黑色石头砌成的哥特式教堂，看上去很荒谬，但这教堂似乎正是环绕着她的宇宙的一部分。

“走到教堂那儿去，上台阶，进去。”

布莱达照薇卡吩咐的去做。她走上石阶，赤裸的双脚感受到石头的冰冷。在某些时刻，她觉得自己身边有人陪伴，薇卡的声音像是从她身后传来一样。“我在胡思乱想。”布莱达想，但她突然记起薇卡告诉过她可见世界和不可见世界之间存在着联系，她不能害怕失望或是失败。

布莱达站在了教堂的大门前。那是一扇巨大的锻铁门，上面雕刻着圣徒，和她在塔罗牌幻境中看到的完全不一样。

“开门进去。”

她感觉手下传来冰冷的金属质感。虽然门很大，但她毫不费力就推开了。她走进去，发现自己置身于一个巨大的教堂。

“注意你身边的一切。”薇卡说。尽管教堂外面一片漆黑，光线却透过巨大的彩绘玻璃窗照射进来。她能看清长椅，旁边的圣坛，雕花的柱子和一些点燃的蜡烛。但这一切都像是废置已久。长椅上落着厚厚的灰。

“往左走，你会看到另一扇门，一扇很小的门。”

布莱达穿过教堂，赤裸的双脚踏在布满灰尘的地板上，感觉很不舒服。一个友好的声音在什么地方指引着她，她知道那是薇卡，但她也知道那声音已经不能控制她的想象了。她意识清醒，但却不能违背那个声音的指示。

她找到了一扇门。

“进去，里面有个向下的螺旋式楼梯。”

门很小，布莱达弯腰进去。墙上有火把，照亮了台阶。地面很干净。显然有人来过这里，点燃了火把。

“你将会看到你前世的生活。这座教堂的地下室里有个图书馆。我们现在要去那儿。我就在楼梯的尽头等你。”

布莱达不停地向下向下，不知道走了多长时间，她感觉有些头晕。当她终于抵达尽头时，见到了身穿斗篷的薇卡。现在她感觉安全了，轻松了，因为薇卡也在幻境中。

薇卡打开了楼梯对面的另一扇门。

“现在你自己进去，我在这儿等你。进去之后选一本书，它会将你需要知道的展示给你。”

布莱达甚至没有意识到薇卡不在这里了，她专注地看着那些布满灰尘的书。“我得经常来这儿把它们收拾一下。”这是她被遗弃在此的过去，布莱达很遗憾以前从没读过这些书。也许她能通过它们学到一些已经遗忘了的重要课程。

她看着书架上的书。“所有人的性命。”她想。如果她真的如此古老，她理应更加智慧。她想把书全部读一遍，但没有时间。她必须相信自己的直觉。以后想回来就可以回来，她已经知道方法了。

她站了一会儿，不知该选择哪一本。然后，她随便选了一本。那本书并不厚，布莱达拿着它坐在地板上。

她把书放在膝盖上，害怕打开书却没发现什么，怕自己看不懂上面写的东西。

“我必须要冒险，必须要体会失败的恐惧。”她一边这样想，一边翻开了书。刚看到书的内页，她就开始觉得不舒服，又头晕起来。

“我要晕倒了。”在陷入黑暗之前，布莱达只来得及这样想。

她醒来的时候感觉有水滴在脸上。她做了个十分奇怪、费解的梦，梦里很多大教堂飘浮在空中，还有塞满了书的图书馆。她从来没进过图书馆。

“罗妮，你还好吗？”

不，她不好。她的右脚没知觉了，她知道这不是个好现象。她也不想说话，因为不想忘记刚才的梦。

“罗妮，醒醒。”

肯定是发烧让她产生了幻觉，但这幻觉又过于真实。她希望那些人别再呼唤她，因为她的梦正在迅速消失，而她还没有明了个中缘由。

天空中乌云密布，低矮的云层几乎碰到了城堡最高的塔。罗妮仰面躺着看云，看不到星星也挺好，祭司们说过，并不是所有星星都是好的。

她睁开眼之前不久雨就停了。下过雨令罗妮很高兴，因为这意味着城堡的蓄水池会积满水。她把视线从云上移开，便看到了下方的塔，庭院里的火堆和混乱得团团转的人群。

“塔奥布。”她轻声叫道。

他抱着她。罗妮感受到了盔甲的冰冷，还有他头发上烟尘的味道。

“过了多长时间了？今天是几号？”

“你昏迷三天了。”塔奥布回答。

她看着塔奥布，为他感到难过。他更瘦了，脸上很脏，皮肤晦暗。但这一切都不重要，因为她爱他。

“我渴了，塔奥布。”

“没有水。法国人发现了秘密通道。”

罗妮又听到了她脑中的那些声音。有很长一段时间，她恨那些声音。她丈夫是个雇佣兵，一年大部分时间都在战场上，她怕某天这些声音会告诉她丈夫的死讯。罗妮只好集中注意力想着村边那棵古树。她这样做时，声音就会停下来。

但现在她太虚弱了，无法集中注意力，那些声音又回来了。

“你会死去。”声音说，“但他会得救。”

“下过雨了，塔奥布。”她坚持说，“我要喝水。”

“只是零星的几滴，不够给你喝。”

罗妮重新看向云层，这一周都是乌云密布，太阳被遮挡了起来，这让冬天更加寒冷，也让城堡看起来更加阴森。也许那些法国天主教徒是对的。也许上帝的确站在他们那一边。

一些雇佣兵靠近了他们。大火到处燃烧，这让罗妮觉得自己身处地狱。

“长官，祭司们让大家集合。”一个士兵对塔奥布说。

“我们是受雇来战斗的，不是来送死的。”另一个士兵说。

“法国人让步了。”塔奥布说，“他们说凡是重新信仰天主教的人就可以安然无恙地离开。”

“大师们是不会接受的。”声音在罗妮耳边窃窃私语。她知道，她很了解那些大师。她之所以来这里，而没有老老实实待在家等塔奥布回来，就是因为他们。大师们被围困在城堡里已经四个月了，村里的妇女用通往城堡的秘密通道运送食物、衣服和军火。在那四个月里，她们能和丈夫相见。正因为有了她们，战斗才得以进行下去。但秘密通道被发现了，她回不去了，其他女人也一样。

罗妮试图坐起来。她的脚已经不疼了。声音告诉她这是个坏迹象。

“我们和他们的上帝没有一点关系，我们不能为他而死。”又一个士兵说道。

城堡中传来一声锣响，塔奥布站了起来。

“带我一起走，求你。”罗妮祈求。塔奥布看了看战友，又看了看眼前这个躺着发抖的女人，有些犹豫。他的战友都习惯了战争，他们知道陷入爱河的战士经常会在战场上躲起来。

“我要死了，塔奥布。求你带我走。”

一名士兵看着塔奥布。

“把她单独留下不妥。”士兵说，“法国人会再次发动进攻的。”

塔奥布假装同意，他知道法国人不会再进攻，他们正处在休战期，商讨着让步。那个士兵理解塔奥布的心情，他肯定也有自己心爱的人。

塔奥布温柔地抱起罗妮时，声音对罗妮说：“他知道你就要死了。”罗妮不想听那声音在说什么。她想起了某个夏天的午后，塔奥布也这样抱着她穿过一片麦田。那时她也觉得口渴，他们就喝了山上流下来的溪水。

一大群男人、女人、小孩和士兵，聚集在一块巨石旁。很难辨认那石头是不是城堡西墙的一部分。空气中弥漫着一种压抑的沉默，罗妮知道那不是出于对祭司们的尊敬，而是因为对即将发生的一切感到恐惧。

祭司们到了。人数很多，全都穿着黑色斗篷，胸前绣着巨大的黄色十字。他们坐在岩石上、台阶上或是塔下的空地上。最后进来了一个白发苍苍的祭司，他爬上城墙的最高点。火光照亮了他的身影，风吹打着他黑色的斗篷。

当他在最高点站稳时，几乎所有人都跪下了，身体前倾，双手合十祈祷，三次叩首。塔奥布和他的士兵站着不动，他们只是受雇来打仗的。

“法国人让步了。”站在高处的祭司说，“所有人都可以离开。”

每个人都舒了一口气。

“异教之神的灵魂将统治这个世界。真神的灵魂将回归无限的慈悲。战争还会继续，但终有一天这一切都会结束。异教之神将被打败，尽管有一些天使将被他引诱堕落。异教之神将被征服，但不会被摧毁。他将永远留在地狱中，和那些被他诱惑的灵魂在一起。”

大家望着城墙上的身影，开始犹豫是现在逃走，还是接受永恒的痛苦。

“卡特里教派是真正的教派。”祭司继续述说，“通过耶稣基督和圣灵，我们才能够跟上帝交谈。我们不需要再轮回了，不需要再回到异教之神统治的王国。”

罗妮注意到有三个祭司在人群面前摊开了《圣经》。

“想和我们一起死的人将会得到安慰。下面有熊熊的火焰在等待着我们。那是可怕的死亡，包含着残酷的受难。烈火将慢慢灼烧我们的肉体，那疼痛将是我们从未经历过的。

“但是，并不是所有人都能拥有这份荣耀；只有真正的卡特里信徒才可以，其他人都将被判处痛苦地继续存活于世。”

两个女人胆怯地站起来走到拿着《圣经》的祭司身边。一个青年人挣脱了母亲的手，加入了她们。

四名雇佣兵走近塔奥布。

“我们想要接受洗礼，长官。”

“传统就是这样延续下去的。”那个声音说，“因为人们愿意为了一种信念去死。”

罗妮等着听塔奥布的决定。这些雇佣兵终其一生为金钱而作战，最终却发现竟然有人可以只为自己所坚持的信念而战斗。

塔奥布最终同意了他们的请求，虽然这样意味着他失去了一部分精英力量。

“我们离开这儿。”罗妮说，“到城墙那边去。他说了想走的可以走。”

“咱们最好就在这儿歇一歇，罗妮。”

“你就要死了。”那声音又开始窃窃低语。

“我想看看比利牛斯山，想再看一眼山谷，塔奥布。你知道我就快死了。”

是的，他知道。塔奥布在战场上驰骋多年，他知道什么样的伤是致命的。罗妮的伤口暴露三天了，应该已经引起了败血症。

伤口不能愈合的人只能坚持两天到两星期，不可能再长了。

罗妮就要死了。她已经不发烧了。塔奥布知道这并不是什么好现象。如果她的脚还在疼，还能发烧的话，那证明她的身体还在抗争。现在身体已经放弃了，死亡只是时间问题。

“你并不害怕。”声音说。是的，罗妮并不害怕。在她还是个孩子时，便知道死亡只是个新的开始。那时候，那些声音是她最好的玩伴。它们有面容、身体和姿态，但只有罗妮能看到。它们是来自不同世界的人，总和罗妮一起聊天，没让她觉得孤单过。罗妮的童年十分有趣：她指使这些看不见的朋友去挪动东西、制造响动，以此来吓唬其他小孩。那时她母亲总庆幸她们生活在一个卡特里国家，她常说：“要是那些天主教徒来了，你会被活活烧死的。”卡特里教徒不在乎这些。他们认为好就是好，坏就是坏，没有任何事物可以改变这一点。

但是法国人来了，他们说世界上不存在卡特里国家。于是从八岁起，罗妮的生活就充满了战争。

战争给罗妮带来了让她感到幸福的人：她的丈夫。他是卡特里祭司们从遥远的国度雇佣来的军人。祭司们绝不会自己拿起武器作战。战争也给罗妮带来了恐惧，她害怕会被活活烧死，因为那些天主教徒离她的村子越来越近了。她开始对那些看不见的朋友产生恐惧，它们逐渐从她的生活中消失，但留下了那些声音。声音继续告诉她将会发生什么，她该如何应对。她不想和那些声音成为朋友，因为它们知道的太多了。其中一个声音教会了她用想着古树的办法来屏蔽声音。自从圣战开始，法国天主教徒赢得了一场又一场战役的胜利，她再也没听到过那些声音。

然而，今天她已没有气力去想那棵古树了，声音就又回来了。她并不介意，相反，她需要它们；它们会告诉她死后该走的路。

“别担心，塔奥布。我不怕死。”

他们来到城墙的最高点。冰冷无情的风不停地吹着。塔奥布拉紧自己的披风。罗妮不再觉得冷。她能看见远处地平线上镇里的灯光和山脚下营地的火光。篝火遍布整个山谷。法国士兵在等待卡特里祭司们最后的决定。

罗妮和塔奥布听到下方传来长笛的声音，还有人在唱歌。

“是那些士兵。”塔奥布说，“他们知道自己可能下一秒就会死，所以每天都过得像狂欢节一样。”

罗妮突然对生活充满了愤怒。那些声音正在对她说，塔奥布会再遇到其他女人，会娶妻生子，会因为从城里掠夺的战利品变得富有。“但他不会再像爱你一样爱上别人，因为你永远是他生命的一部分。”

他们相互依偎看着下面的景色，听着战士的歌声。罗妮觉得那座山过去曾是其他战役的战场，那是很遥远的过去，就连那些声音都不记得是什么时候了。

“我们是永恒的，塔奥布。那些声音跟我说的，在我还能看见它们的面容和姿态的时候。”

塔奥布知道妻子有天赋。不过她很久没提起过了。也许只是发烧引起的幻觉吧。

“尽管如此，没有一个人的人生会和另一个人完全相同，可能我们再也不会见面了。我要你知道，我这一生都爱你，在认识你之前就爱你。你是我的一部分。

“我就要死了。既然明天是个不错的日子，我要和祭司们一起死。我从来都不明白他们是如何理解这个世界的，但他们却总能理解我。我要陪伴他们到另外一个世界，也许我会是不错的向导，因为我已经去过那里了。”

罗妮觉得她的命运真是讽刺。她害怕那些声音会把自己引向被火烧死的结局，却不知自己的命运本就注定了那样的结局。

塔奥布看着妻子，她的双眼失去了神采，却依旧像他们刚见面时那样迷人。有些事他从没说起过，他没告诉罗妮，作为打仗的战利品，他得到过一些女人；在环游世界的时候，他也曾遇到过一些女人，她们等着他回去。他没有告诉罗妮是因为他确信罗妮知道这些，并且原谅了他，因为他是罗妮的真爱，真爱胜过一切。

然而，他还有其他事没有说，而且罗妮可能再也不会知道了。那就是：正是罗妮用她的温柔和快乐感染着塔奥布，让他重新发现了生命的意义。正是罗妮的爱支撑着他到天涯海角去战斗，只为获得足够的钱，可以买一块地，和她平静地共度余生。正是因为他完全相信这个柔弱的女人，这个生命正渐渐消逝的女人，他才能够在战场上英勇作战。因为他知道，在战争结束后，他可以在她的怀抱中忘记所有战争的恐怖。尽管他认识这么多女人，但只有在她的怀抱中他才能闭上眼，像孩子一样睡着。

“去叫祭司过来，塔奥布。”她说，“我想受洗。”

塔奥布犹豫了片刻。只有战士才能选择死亡的方式，但这个女人付出了一生去爱，或许对于她来说，爱是种特殊形式的战争。

塔奥布站起身，从城墙的台阶上走下去。罗妮试着集中精力听下方传来的歌声，这样能使死亡变得容易些。然而，那些声音还在继续跟她说话。

“所有女人在一生中都可以使用四枚天启神戒，你只用过一枚，而且是错误的一枚。”

罗妮看看自己的手指，伤痕累累，指甲很脏，没有戒指。

声音笑了起来。

“你知道我在说什么。处女、女圣人、殉教者和女巫。”

罗妮心里清楚声音在说什么，但却记不起来是什么意思。她很久以前就听过这些，那时候人们的衣着和现在不同，理解世界的方式也不同。那时她有另外一个名字，说另外一种语言。

“女人通过这四种方式与宇宙交流。”声音说，好像让罗妮想起这些年代久远的事很重要，“处女拥有男人和女人的力量。她注定孤独，但孤独会向她揭示秘密。这是处女需要付出的代价，她不需要任何人，只在对所有人的博爱中损耗自己，通过孤独来发现世界智慧。”

罗妮仍然看着下方的营地。是的，这些她都知道。

“殉教者。”声音继续说，“殉教者具有不被疼痛和折磨伤害的力量。她交出自己，接受折磨，通过牺牲来发现世界智慧。”

罗妮再次看向自己的手，殉教者之戒就套在她的一根手指上，闪着不可见的光芒。

“你本可以选择女圣人的天启神戒，即使那并不是你正确的戒指。”声音继续说，“女圣人拥有一颗奉献的心。她认为奉献才是唯一的索取。就像是无底之井，人们可以不断地从中汲水饮用。若是井干涸，女圣人会奉献她的血，让需要的人不会口渴。女圣人通过奉献发现世界智慧。”

声音停止了，罗妮听到了塔奥布走上石阶的脚步声。她知道自己今生的戒指是哪一个了，因为她在过去的无数次轮回中用了同一枚戒指，那时她有不同的名字，说不同的语言。戴着那个戒指，世界智慧将通过愉悦来展现。但她现在不想记起这些。

殉教者之戒正在她手指上闪着不可见的光。

塔奥布的脚步声近了。罗妮想抬起头看看他，突然她注意到夜空闪烁着魔幻的光芒，就像晴天一样。

“起来。”一个声音说。

那是个不一样的声音，她以前从未听过。她感觉到有人在揉着她的左手腕。

“我们该走了，布莱达，起来。”

她睁开双眼又立刻闭上，日光太强烈了。死亡真是件奇怪的事。

“睁开眼睛。”薇卡又在叫她。

但她得回到城堡。她爱的男人去找祭司了。她不能就这样逃开。他独自一人在那里，他需要她。

“告诉我你的天赋是什么。”

薇卡没给她思考的时间，她知道布莱达体验到了不寻常的经历，比塔罗牌的幻象强烈得多。尽管如此，她还是没有给布莱达喘口气的时间。她没有去理解或尊重布莱达的个人感受，只想发现她的天赋。

“跟我说说你的天赋。”薇卡又重复了一遍。

布莱达做了一次深呼吸，她想抑制自己的怒气，但做不到。那女人一定会步步紧逼，直到她说出点什么为止。

“我曾是那样一个女人，我爱上了……”

薇卡迅速堵住布莱达的嘴。她站起身，做了几个奇怪的手势，然后再次回到布莱达身边。

“上帝就是语言！任何时候、任何情况下都要注意你说的话。”

布莱达不明白为什么对方有这么大的反应。

“上帝会通过各种方式来展示自己，而讲话是他最喜欢的方式。因为讲话能将思想转化为声音。你正在向你周围的一切施加能量转化的结果，所以注意你说的每句话。”薇卡继续说，“语言比很多仪式具有更强大的力量。”

布莱达仍然一头雾水，若要讲出她的经历，就只能用讲话的方式。

“当你提到那个女人时。”薇卡说，“你不是她，你只是她的一部分。其他人也可能有跟你一样的记忆。”

布莱达觉得有什么东西被夺走了。那个强大的女人，她不想和别人分享，何况还有塔奥布。

“说说你的天赋。”薇卡又要求了一遍。她不能让女孩沉迷在那些经历里。这种形式的时间旅行通常会导致一些问题。

“我有很多事要说，我必须和你谈谈，因为没有其他人会相信我。拜托了。”布莱达请求道。

布莱达开始讲述发生的一切，从雨水滴到她脸上说起。她面前是个会相信这些不寻常经历的人，这样的机会她不能错过。她知道不会再有人能像薇卡这样听自己讲述这些，因为他们害怕知道生活是奇幻的，他们已经习惯了他们的房子、工作，习惯了他们对生活的预期。如果有人说，人可以穿越时空，可以看到漂浮在宇宙中的教堂，塔罗牌的幻象，在黑夜中行走的男人，那些从未经历过这些的人会觉得生活欺骗了他们。生活对他们而言只是一样的白天，一样的黑夜，一样的周末。

所以布莱达要抓住这个机会。若语言是上帝的展示，那就让她周围的空气记录下那些她在时空旅行中所经历的一切。每一个细节她都记得清清楚楚，就像发生在现在，就像这片森林一样真实。这样一来，若是以后有人试图向她证明那一切都没有发生过，或是随着时间流逝、空间转移，她自己也产生了怀疑并最终认定一切只是幻觉，至少她今夜的这些话还留在这片森林里，留在空气中，至少还有一个人，一个认为魔法是生命一部分的人，知道这一切真真切切地发生过。

她描述了城堡，穿黑色斗篷的祭司，点满了篝火的山谷。她能知道她的丈夫在想些什么。薇卡耐心地听着，只在布莱达提到罗妮脑中的声音的时候，她才显示出一些兴趣。她打断布莱达，问那些声音是男人的还是女人的。“两种都有。”她问那些声音是否表现出激进或同情的情绪。“没有，没有任何感情。”她还问了布莱达是否能随心所欲地唤醒那些声音。

“不知道，因为没时间去尝试。”

“好的，我们可以走了。”薇卡说。她脱下斗篷，放回袋子里。布莱达很失望，她以为会受到赞扬，或者至少会得到一个解释。但薇卡就像某些医生那样，冷静、客观地研究病人，对病人描述的症状很感兴趣，却不去考虑这些症状在病人身上可能引发了怎样的痛楚。

她们用了很长时间才回去。每当布莱达想提起刚才的话题，薇卡就会东扯西扯，提到生活开销的增加，傍晚严重的交通堵塞，她和大厦管理员之间的矛盾。

直到她俩重新坐在那两把扶手椅上，薇卡才开始说起布莱达刚刚经历的事。

“我只想跟你说一件事：不要总想着该如何去解释你的情感。痛痛快快地去生活，把你感受到的一切当作上帝的恩赐。如果你觉得自己不能活在一个生活本身比理解生活更重要的世界，那现在就放弃魔法吧。”

“尝试去解释情感，会摧毁可见世界与不可见世界之间的联系。”

情感是野马。布莱达知道理智永远不可能彻底战胜情感。她曾经有一个男友，毫无缘由地离开了她。她在家待了好几个月，劝说自己对方满是缺点，这段恋情有成千上万的不妥之处。但每天早上醒来，她都会想起那个人，如果他打电话来，布莱达知道自己一定会答应和他见面。

厨房里传出狗叫声。布莱达知道这是个暗号，这次会面该结束了。

“我们还没怎么交谈呢。”她喊道,“有两个问题我必须问。求你了！”

薇卡起身。女孩总能在将要离开的时候提出很重要的问题。

“我看到的那些祭司，他们真的存在吗？”

“不到两个小时之前，我们获得了不寻常的经历，而现在我们却试图说服自己那只是幻想吗？”薇卡边说边走到书架前。布莱达记起自己在森林里时，还想到了那些因为害怕而不相信特殊经历的人，她为自己感到羞愧。

薇卡拿着一本书走回来。

“卡特里教徒，或称为纯洁之人，他们是十二世纪末法国南部一座教堂的祭司。他们相信轮回转世,坚持绝对的善恶观。世界分为被选择和被遗弃两部分，这意味着转变他人没有任何意义。

“卡特里教派对尘世的价值观很淡漠，于是很多朗格多克的封建领主都决定信奉卡特里教，这样便不用再向天主教会缴纳重税。同时，因为卡特里教在教徒出生时就定下了什么是善良，什么是邪恶，所以卡特里教派对肉欲的态度很宽松，尤其是对女人。只有被授以圣职的教徒才需节欲。

“一切都很顺利，直到卡特里派蔓延到很多城市。天主教会感到被威胁，发起了一场针对异教徒的圣战。在四十年时间里，卡特里教徒与天主教徒激烈对抗，但是，那些正规军还是在众多国家的支持下踏平了所有接受新宗教信仰的城市。

最后只剩下那座比利牛斯山下的城堡，卡特里教徒坚守在那里作最后的抵抗，直到法国人发现了输送供给品的秘密通道。一二四四年三月的一个清晨，在城堡陷落之后，二百二十名卡特里教徒唱着歌跳进了山脚下的火堆之中。”

薇卡说这些的时候一直把书合拢放在膝盖上。直到说完故事，她才翻开书，找出书上的一张照片。

布莱达看着照片。那是一片废墟，塔几乎全毁了，周围的城墙倒是完好无损。她看到了那个庭院，罗妮和塔奥布走过的石阶，那块巨大的岩石，那座塔。

“你的另一个问题是什么？”

问题已经不重要了。布莱达几乎无法正常思考了。她觉得这一切都很奇怪。经过努力，她才想起了自己要问的第二个问题。

“我想知道你为什么肯在我身上花时间，为什么愿意教我？”

“因为传统叫我这样做。”薇卡说，“你的每一次转世几乎都没有改变。你和我以及我的朋友属于同一种人。我们都肩负着延续月亮传统的责任。

“你是个女巫。”

布莱达没有注意薇卡的话，甚至没有和薇卡约定下次见面的时间。在那一刻，她只想赶快离开，然后融入那些能将她带回她熟悉的世界的普通事物，比如墙上的水渍，地上的烟，忘在门房桌上的信。

“我明天还要上班。”她突然担心起自己的时间安排。

在回家的路上，她开始考虑公司出口商品的结账系统，并想出了一个简化行政手续的方法。她很开心：老板会表扬她的，说不定还会给她涨工资呢。

布莱达回到家里。吃过晚饭，看了会儿电视。之后又把她关于出口商品结账系统的想法写在纸上。最终她精疲力竭地倒在床上。

出口商品的结账是她生活中很重要的部分。毕竟，她就靠做那个来挣钱。

其他的都不存在。其他都是假的。

整整一个星期，布莱达迅速起床，努力工作，并因此得到了预期中的上司的表扬。学校的课她一节都没落下，并且对印在报纸杂志上的所有东西都感兴趣。她要做的就是不给自己思考的时间。每当她不经意地想起山里的巫师，或城里的女巫薇卡，她就立刻提醒自己下周还有考试或回忆朋友的八卦，以此把那些想法赶走。

星期五到了，她的男友和她在大学外碰面，一起去看电影。之后又去了常去的酒吧，聊着刚才的电影、同事、各自的工作。碰巧又遇到刚刚聚会回来的一群朋友，便找了个餐厅一起吃晚饭。感谢上帝，都柏林任何时候都有营业的餐厅。

凌晨两点，他们和朋友道别，回到布莱达家。一到家，布莱达就放上“铁蝴蝶”的唱片，倒了两杯威士忌。两人相拥着躺在沙发上，沉默，心不在焉，虽然劳伦斯正抚摸着她的头发和胸部。

“这一星期真疯狂。”她突然说，“我不停地工作，准备各种考试，还把家里缺的东西都买回来了。”

音乐停了。她起身将唱片翻了个面。

“厨房里有个碗柜的门坏了好久了，我终于抽空叫人来修了。”

“我还去了好几趟银行。一次是去取爸爸寄来的钱，一次是去存公司的支票，还有是为了……”

劳伦斯盯着她看。

“你干吗盯着我？”布莱达有些生气。这个躺在沙发上看着她，说不出什么聪明话的男人是谁？这场面真糟糕。她不需要他，她不需要任何人。

“你干吗盯着我？”她又问了一遍。

他什么都没说，只是站起来，温柔地把布莱达拉回沙发上。

“你都没听我说话。”布莱达无所适从地说。

劳伦斯把她揽在怀里。

“情感就像野马。”她想。

“告诉我所有事。”劳伦斯温柔地说，“我会好好听着，尊重你的决定，哪怕是你心里有了别人，要和我分手。我们在一起有一段时间了，虽然我还没有完全了解你，但我知道你不该是这个样子。今晚你表现得一点都不像你。”

布莱达很想哭，但她已经流了太多眼泪，在经历黑夜的时候，在和塔罗牌对话的时候，在那片迷人的森林里。情感确实是野马，她只能让它们自由。

布莱达与劳伦斯面对面地坐着，她想起巫师和薇卡都曾这样与她谈话。她把发生的一切都说了出来，从在森林里见巫师开始。劳伦斯静静地听着。当布莱达讲到那张照片时，劳伦斯问她是否曾在大学课堂上听到过有关卡特里教派的内容。

“我知道你不相信。”布莱达说，“你认为是我的潜意识在作怪，我只不过是记起了已经知道的事。但不是这样的，劳伦斯，我之前从没听说过卡特里教派，但我相信你能解释这一切。”

她的手无法抑制地颤抖着。劳伦斯起身拿起一张纸，在纸上打了两个洞，相距二十厘米。他把纸靠着威士忌酒瓶，垂直放在桌子上。

随后他走进厨房拿了一个瓶塞。

劳伦斯坐在桌子的一头，把酒瓶和纸推到另一头，然后把瓶塞放在面前。

“到这儿来。”他说。

布莱达站起身，她竭力想掩饰双手的颤抖，但劳伦斯似乎并不在意。

“我们假设这个瓶塞是个电子，就是组成原子的微小颗粒，明白吗？”

布莱达点点头。

“仔细听着。如果有精密仪器的话，我可以做‘电子冲击’实验，向纸的方向发射电子，它会同时穿过那两个孔，但是自身并不分裂。”

“我不相信。”她说，“这不可能。”

劳伦斯把纸扔进垃圾箱，把瓶塞放回原位——他是个很有条理的人。

“你可以不相信，但确实如此，所有科学家都知道，却无法解释。我也不相信你所讲的那些事，但我知道那是真实的。”

布莱达的双手还在抖着，但她没有哭，没有失控。她只觉得酒劲完全过去了。她不可思议地清醒了。

“科学家是怎么面对科学中的神秘现象的？”

“进入黑夜，这是你刚教会我的词，我们知道这些神秘现象不会消失，于是学着去接受。生活中类似的情况很多。一个母亲养育孩子的时候，就像是进入黑夜；一个移民在远离祖国的地方找工作、挣钱，这也是进入黑夜。他们都相信付出会有回报，终有一天他们会理解沿途发生的一切，它们只是看起来很吓人罢了。带领我们前进的并不是科学解释，而是我们自己的意愿。”

布莱达突然感到筋疲力尽，她要睡觉，梦乡是她此时唯一能自由进入的魔幻国度。

那晚，布莱达做了很美的梦，梦中是大海和郁郁葱葱的小岛。凌晨时分，她醒过来，很高兴看到劳伦斯睡在身边。她起身走到卧室窗前，看着还在沉睡的都柏林。

她想起了父亲，以前每当她从噩梦中惊醒时，父亲就会像这样陪她到窗边。这个回忆让她想起了另一个童年时的场景。

她那时五岁，和父亲一起去海滩。父亲让她试试海水的温度。她很高兴地跑到水边，让脚趾浸在水中。

“我把脚伸进水里了，水很凉。”她对父亲说。

父亲抱起她，毫无预警地把她扔进了水里。她起先吓了一跳，但马上因为这个恶作剧开心地笑了。

“水怎么样？”父亲问。

“棒极了。”她答道。

“没错。从今以后，如果你想了解什么，记住要全身心投入。”

她很快就忘了父亲的话。虽然只有二十一岁，她已经对很多东西产生过兴趣，然后以同样快的速度放弃。她并不害怕困难，让她感到恐惧的是必须为自己选择一条路。

选择一条路就意味着放弃其他可能性。漫漫人生路，她总担心将来会后悔现在的选择。

“我不敢为自己负责。”她想要将所有可能的路都尝试一遍，结果却一条路都没有走。

即使是对待爱情，她也不敢为自己负责。在对初恋失望之后，她再也不能完全交出自己。她害怕痛苦，害怕失去，害怕分离。但爱情之路上这些都难以避免。唯一能够避免的方法是放弃这条路。为了不受爱的折磨，只能放弃爱。

就像是为了避免看到丑恶的事物而刺瞎双眼一样。

“活着真复杂。”

必须要冒险，选择一条路，放弃其他。她想起薇卡说过，有的人选择一条路，只为了证明那并不适合自己。这还不是最糟的。最糟的是选择了一条路，然后在余生中不断纠结自己的选择是否正确。没有人能毫无畏惧地作出选择。

然而，这就是生活的法则。这就是黑夜，没人能逃过。即使你永远不作决定，即使你缺乏勇气去改变任何事。因为这本身就是决定，就是改变，只是你无法获得隐藏在黑夜中的珍宝。

也许劳伦斯是对的。最终，人们会嘲笑自己一开始的胆怯，就像她会嘲笑自己在森林中幻想出来的蛇和蝎子一样。在绝望的时候，她忘了爱尔兰的守护神——圣帕特里克，已经将所有的蛇都驱逐出境了。[1]

“有你在真好，劳伦斯。”布莱达轻声说着，怕吵醒对方。

她重新回到床上，很快又睡着了。在睡着之前，她想起了和父亲有关的另一个故事。那是一个星期天，全家人都聚在祖母家吃午饭。那时她十四岁，正在抱怨自己完不成学校布置的作业，因为每次她一开始做，就一定会错。

“也许这些错误是想教会你什么。”父亲说。但布莱达坚持是自己选错了方法，现在做什么都不对。

父亲牵着她的手走到客厅，祖母以前常在这儿看电视，那里有一座古老的落地式大摆钟，由于没法修理，已经停摆很多年了。

“世界上没有绝对的错误，孩子。”父亲看着时钟说道。

“就算是停摆的钟也能在一天之内指对两次时间。”

她在郁郁葱葱的山上走了一段时间才看到巫师。他坐在离山顶不远的一块石头上，凝视着西边的山谷。这地方景色极美。布莱达想起了精灵就喜欢这样的地方。

“难道上帝只存在于美丽中吗？”布莱达一边走近巫师一边问，“那世界上不美的地方和人会怎么样呢？”

巫师没有回答。布莱达觉得很尴尬。

“你可能不记得我了。两个月前，我来过这里，独自一人

---

① 传说由于蛇在爱尔兰圣人圣帕特里克斋戒的时候持续攻击他，因此圣帕特里克将蛇全部驱赶到了大海里。

在森林里过了一夜。我暗自发誓，只有找到了自己的路，我才会再到这儿来。

“我认识了一个叫薇卡的女人。”

巫师吓了一跳，随即又松了一口气，他意识到女孩还没有了解实情。他不禁为命运的讽刺朝自己轻笑。

“薇卡说我是个女巫。”

“你不相信吗？”

这是她到了这儿后巫师回答的第一个问题。布莱达这才确定巫师真的在听她说话，她很高兴。

“我相信她。”她回答，“也相信月亮传统。但我知道，是太阳传统帮助我理解了黑夜，于是我又来了。”

“那就坐下看落日吧。”巫师说。

“我不会再独自一人待在森林里了。”她说，“我最后一次在这儿的时候……”

巫师打断了她。“别这么说。上帝就在语言里。”薇卡说过同样的话。

“我说错什么了？”

“如果你说‘最后一次’，可能就真的没有下一次了。其实你想说的是‘上次’。”

布莱达有些忧虑，以后她要多注意自己说的话。她决定安安静静地坐下来，照巫师说的做，看日落。

这么做让布莱达有些焦躁。离天黑还有一个小时，她有很多事想说，很多问题要问。每当她只是静静地坐着、凝视着什么的时候，她就觉得是在浪费本可以用来做事或见人的宝贵时间。她可以更好地利用时间，因为还有很多东西要学。然而，随着太阳慢慢下沉，接近地平线，云朵被天边金色和粉色的光线填满，布莱达突然觉得她为生活作出的种种努力就是为了某一天坐下来能静静凝视这样的夕阳。

“你会祈祷吗？”巫师突然问道。

她当然会。每个人都会祈祷。

“好，当太阳碰触到地平线的时候，说出祈祷文。在太阳传统中，人们通过祷告与上帝交流。用心灵的语言去祷告，比任何仪式都强大。”

“我不知道怎么做，因为我的心灵是沉默的。”布莱达回答。

巫师笑了。

“只有伟大的先知才有沉默的心。”

“那我为什么不会用心去祷告呢？”

“因为你没有谦卑地聆听自己的心声，不知道它想要什么。你羞于聆听自己内心的请求，不敢把它们告诉上帝，因为你觉得上帝没有时间关心那些。”

布莱达看着美丽的落日，身边坐着一位智者。不知怎么的，在这样的时刻，她觉得自己很渺小，不该在这儿。

“我真的觉得自己不配，灵修这种事该由比我强的人去做。”

“你说的这种人，如果真的存在的话，不需要进行灵修，他们自身便是灵魂的展示。只有像我们这样的人才需要灵修。”

他说“像我们这样的人”，但他远在布莱达前头呢。

“上帝既存在于太阳传统中，也存在于月亮传统中。”布莱达相信传统都是一样的，只是传授的方法不同。“请教我如何祈祷吧。”

巫师转过去正对着太阳，慢慢闭上双眼。

“我们是人类，主，我们不知自身的伟大之处。主，请赐予我们谦逊，让我们能够追求自己想要的。因为没有欲望是枉然，没有请求是徒劳。愿人人都能找到自己的精神食粮。主，请赐予我们勇气，让我们看清自己的欲望，它们全部来源于你永恒的智慧。唯有认同自己的欲望，我们才能认清自己。阿门。

“该你了。”

“主，请让我明白，生活中发生好事是因为我理应获得它们。请让我明白，我踏上灵修之路的原因与圣人们相同；我在途中遇到的疑惑，他们也曾遇到；我有的脆弱，他们也曾有过。主，请让我足够谦逊，接受自己和其他人没什么两样。阿门。”

两人沉默地坐着，看着日落，直到最后的光芒消失在云层后。他们的灵魂在祈祷，请求愿望能够实现，并因两人在一起而感恩。

“走吧，我们去酒吧。”巫师说。

布莱达穿上鞋，和巫师开始下山。她又想起了第一次来找巫师的那天。她答应自己以后只能再讲一次那个故事。她已经不需要通过一再地重复来说服自己这一切都是真的了。

巫师看着走在自己前面的女孩。她努力表现出已经知道怎么应付湿滑的地面和碎石，却总是绊倒。有一刻，巫师的心变得轻盈起来，但立刻又紧闭心门。

有时候，上帝的祝福是以震碎所有窗子的形式来临的。

下山的时候，巫师觉得有布莱达在身边真好。他和其他男人一样，有同样的弱点，同样的美德。直到现在，他依然没有适应导师的角色。最初，爱尔兰各地的人们来到森林里聆听他的教诲。他谈及太阳传统，要求他们去了解自己周边的一切，那里隐藏着上帝的智慧，通过履行一些简单的仪式，每个人都能理解。太阳传统的讲授方法是使徒保罗在两千年前定下的。“我和你们一样软弱，恐惧，战栗；我的话语、我的讲道并无看似有理的智慧箴言，只有对神圣力量与精神的诠释，你们的信仰不需依赖人类的智慧，而应存在上帝的力量中。”

然而当他这样讲授太阳传统时，人们似乎听不懂了。他们失望了，原来他和他们一样，只是个凡人。

他说这无关紧要，他是个导师，他所做的一切是为了给每个人提供获得知识的必要方法。但他们想要更多，他们需要一个向导。他们不理解黑夜，不懂得任何向导在黑夜中用火把照亮的只是他们自己本就想看到的东西。如果碰巧，火把灭了，他们便会迷失方向，因为不知如何往回走。

然而他们确实需要向导。为了成为一个好的导师，他必须要能够理解学生的需求。

于是他在教学中加入了一些新的内容，没有必要却能吸引人，这样每个人都能更好地理解并学会太阳传统。方法生效了。学生们学成之后才明白，原来巫师教他们的很多事是完全无用的，他们会对当初的自己报以一笑。巫师很高兴，他终于学会了教学之道。

布莱达不同。她的祷告碰触到了巫师的灵魂深处。她已经明白在这颗星球上，没有人是不同于其他人的。很少有人能大声说出过去的伟大导师们拥有和所有人一样的优点和缺陷，但这并不能削弱他们找寻上帝的能力。巫师认为妄自菲薄才是一个人骄傲至极的表现，因为那是用最具毁灭性的方法来做到不同于他人。

到酒吧之后，巫师要了两杯威士忌。

“你看那些人，”布莱达说，“他们可能每晚都到这儿来，每天都做同样的事。”

巫师突然间无法确定布莱达是否真的认为自己与别人没什么不同。

“你太过在意别人。”巫师回答道，“他人就是你的镜子。”

“我知道。我以为我早就知道什么能使我开心，什么会让我难过。但我突然醒悟过来，知道自己需要重新想一想，但是很难。”

“是什么让你醒悟了？”

“是爱。我遇到了使我完整的男人。三天前，他让我知道原来他的世界也有很多谜团，我并不是独自在面对未知的一切。”

巫师面无表情。但他想起了之前那个上帝的祝福有时会震碎所有窗子的念头。

“你爱他吗？”

“我发觉自己还能更爱他。即使我不能从这条道路上学到新知识，至少我明白了：必须要敢于冒险。”

巫师本来在下山时已经为今晚做了全盘计划。他想告诉布莱达自己多么需要她，想告诉她自己和其他男人没什么不同，他已经受够了寂寞。但布莱达只想让他回答问题。

“好像有点不对劲。”布莱达说。酒吧里的气氛变了。

“是使者。”巫师回答，“他们是人造魔鬼，并不属于上帝的左翼军团，不能指引我们通向光明。”

他的双眼闪烁着光芒。确实有什么变了，他说是魔鬼。

“上帝创造了左翼军团来完善我们，指引我们完成使命。但他让人负责聚集黑暗力量，创造出魔鬼。”

他就正在制造。

“我们也可以聚集善的力量。”女孩害怕地说。

“不，我们不能。”

他需要分心，只要布莱达能再多问点儿问题。他可不想制造出魔鬼来。在太阳传统中，他们被称作使者，他们能做出最伟大的善行，制造最可怕的罪恶，只有伟大的导师才能利用他们。巫师是位伟大的导师，他可以利用他们，但他不想现在用，因为使者的力量很危险，尤其自己又处在对爱情失望的状态中。

布莱达对这回答感到很困惑。巫师看起来很奇怪。

“我们不能聚集善的力量。”他继续说，努力把注意力集中在自己的话上，“善的力量一直在分散，像光一样。当你发出善良的光芒，你会造福全人类。而当你聚集使者的力量时，受益或受害的只是你自己。”

巫师的双眼仍在闪烁。他叫来酒保，付了钱。

“去我家喝杯茶吧。把你生活中的那些重要问题都告诉我。”

布莱达有些犹豫。巫师是个迷人的男人，她也是个很有魅力的女人。她怕这一晚会毁了她的学习之路。

“我必须冒险。”她对自己重复这句话。

巫师家离村子有段距离。布莱达注意到，虽然巫师家和薇卡家有天壤之别，但一样舒适，装饰得很高雅。然而所见之处没有一本书，空荡荡的，只有几件家具。

他们先到厨房泡茶，然后又回到客厅。

“你今天来找我有什么事？”巫师问。

“我承诺过，一旦我知道一些事情后就会回来。”

“你知道什么了？”

“只知道一点。我知道路是唯一的，这比我之前预想的困难，但也简化了我的心灵。我的第一个问题是：你为什么愿意在我身上花时间？”

“因为你是我的灵魂伴侣。”巫师想。不过他说：“因为我也需要找人聊聊天。”

“我选择了月亮传统，你有什么看法？”

巫师必须说实话，即使他希望事实是另一个样子。

“那是你该走的路。薇卡说得对，你是女巫。你将在时间的记忆中学习上帝传授的课程。”

巫师不解为何人生是这样的。为何他遇上了灵魂伴侣，却发现她只能走上月亮传统这条路。

“我还有一个问题。”布莱达说。天已经晚了，再过一会儿就没有公共汽车了。“我想知道答案，我知道薇卡不会教我的。因为她是个和我一样的女人。虽然她永远是我的导师，但在这个问题上，她只是个普通女人。

“我想知道如何才能找到灵魂伴侣。”

“他就在你面前。”巫师想。

然而，他没有回答，只是走到房间的一角关上了灯。只有一个塑料雕像还亮着。布莱达进屋时没有注意到。雕像里面有某种液体，气泡上下浮动，房间里充满红色和蓝色的光。

“我们已经见过两次了。”巫师说，眼睛盯着雕像，“我只能通过太阳传统的方式教学。太阳传统能唤醒人们自身所拥有的前人的智慧。”

“如何通过太阳传统来找到我的灵魂伴侣？”

“地球上所有人都在寻找灵魂伴侣。”巫师说，无意中呼应了薇卡的话。

“可能他们两个有共同的导师。”布莱达想。

“为便于世人寻找，太阳传统为灵魂伴侣做了记号：眼中特别的光。”

“我已经见过很多双闪着特殊的光芒的眼睛了。”布莱达说，“比如今天，我还看到你的眼睛在闪光。那是每个人都在寻找的。”

“她已经忘了自己的祷告。”巫师想，“她又开始认为自己应该不同于其他人了。她还没有能力识别上帝慷慨的给予。”

“我看不懂人的眼睛。”她说，“告诉我如何通过月亮传统找到灵魂伴侣。”

巫师转头看向布莱达。他的眼神冷冷的，没有任何表情。

“你觉得很悲哀。”她继续说，“因为我还不懂如何从简单的事物中学习。但你不知道，人们为爱受罪，为爱苦苦追寻，却不明白自己是在完成寻找灵魂伴侣的神圣使命。我已经失望过太多次了，再也无法从简单的生活中学到什么了。而你已经遗忘了这些，因为你是智者，不再能够理解凡人。”

巫师仍旧面无表情。

“一个光点。”他说，“灵魂伴侣的左肩上有个发光的点，这是月亮传统的方法。”

“我该走了。”布莱达说。她希望他能挽留自己，她喜欢待在这儿，在这儿她的问题能够全部得到解答。

然而巫师只是站起来，将她送到门口。

“我要学会你所知道的一切。”布莱达说，“我要知道如何才能看到那个光点。”

巫师看着布莱达走下楼梯。半小时内会有一班到都柏林的公共汽车，他不用担心。他走到花园里，开始履行每晚例行的仪式。他已经养成习惯了，但有时仍需努力才能集中注意力。今天他特别心不在焉。

仪式结束后，他坐在门口的台阶上望着天，心里想着布莱达。

他能看到她坐在公共汽车里，左肩上有一个光点，只有他能看到，因为她是他的灵魂伴侣。她一定急切地想结束这从出生时就开始的寻找。从到他家开始，布莱达一直表现得很冷漠，拒人于千里之外，但巫师觉得这是个好现象。这意味着布莱达困惑于自己的情感，她在保护自己，不要受一些无法理解的事情的伤害。

巫师觉得，布莱达可能正在恋爱。

“每个人都能找到自己的灵魂伴侣，布莱达。”巫师冲着花园里的植物大声说道。然而他心里清楚，虽然已经掌握传统多年，他仍需不断强化自己的信念。这话也是说给他自己听的。

“每个人在生命中的某一时刻，都会遇见灵魂伴侣，并且能够认出对方。”他继续说，“如果我不是巫师，不能看到你左肩上的光点，可能需要更多时间来接受你。但你会为我而努力，直到有一天我注意到你眼中闪烁着特别的光芒。然而，我是巫师，所以现在我要为你而努力，这样才能使我的所学转换为智慧。”

巫师坐了很久，一直看着漆黑的夜色，心里想着正坐公车回都柏林的布莱达。天气变凉了，夏天就要结束了。

“爱并无风险，你将会体会到这一点。千百年来，人们一直在寻找灵魂伴侣并与之相认。”

突然间，他意识到自己可能错了，爱一直存在风险，唯一的风险：一个人可能在一次轮回中遇到了不止一个灵魂伴侣，这样的事确实曾经发生过。

冬与春

在接下来的两个月里，薇卡向布莱达讲授了巫术的基础知识。

据薇卡讲，女人比男人更容易接受这些知识，因为女人每个月都能体验体内自然的完整循环：新生，成长，死亡。薇卡称其为“月之循环”。

布莱达需要准备一个全新的笔记本，用来记录自己和薇卡首次见面以来产生的所有心灵体验。笔记本要不断更新，封面上要有五角星图案，里面记录的每件事都和月亮传统有关。薇卡说每个女巫都有这样一个笔记本，被称为“暗翳之书”，以此向在长达四百年的猎杀女巫行动中遇难的姐妹们致敬。

“为什么要做这些？”

“为了唤醒你的天赋，否则你只能学会一些小伎俩。天赋是你为世界服务的途径。”

布莱达必须留出房间相对无用的一角，摆上圣龛像并点上蜡烛，日夜不熄。蜡烛象征着月亮传统的四元素：烛芯代表土地，石蜡代表水，火焰即火，还有可以令火燃烧的空气。蜡烛还提醒着布莱达，她肩负着未完成的使命。只有蜡烛必须放在可见之处，其余东西都要藏在书架后面或是放进抽屉里。自中世纪以来,女巫的活动一向高度保密。各种预言表明，黑暗力量将在千年结束之际复归。

每当布莱达回到家，看到蜡烛的火焰时，都会产生一种奇怪的、近乎神圣的责任感。

薇卡提醒布莱达要时刻注意聆听世界的声音。

“无论你在哪里，都能听到世界的声音。”她说，“那声音永不停止，在山顶，在城市，在空中，在海底，到处都有它的存在。这声音——像是振动——是世界灵魂正向着光明转化。女巫必须敏锐地注意到这一点，因为女巫自身是这条转化之路的重要部分。”

薇卡还提到先人，他们通过象征符号与世界对话。即使那些对话已经无人在听，即使符号语言几乎被尽数遗忘，他们仍然没有停止对话。

“他们和我们一样吗？”某天布莱达问薇卡。

“我们便是他们。突然间我们就明白了过往发生的事，理解了伟大的智者留在宇宙中的信息，耶稣曾经说过：神的国，如同人把种撒在地上。黑夜睡觉,白日起来,这种就发芽渐长，那人却不晓得如何这样。

“人类总是从同一处取之不尽、用之不竭的泉水中饮水，即使每个人都说这是世界末日，他们仍能找到办法活下去。猴子把人从树上赶下去时，人活下来了；大洪水的时候，人活下来了；若大家都作好准备，也必将活过最终的大灾难。

“我们要对宇宙负责，因为我们就是宇宙。”

布莱达和薇卡相处的时间越长，就越能意识到她成了一个多么美丽的女人。

薇卡继续向布莱达传授月亮传统。她让布莱达准备一把匕首，两面开刃，刀身要像火焰一样不规则地起伏。布莱达去了很多店铺都没有找到合适的。最终是劳伦斯请大学里的冶金化学工程师制作了刀身，自己又雕刻了一个木头刀柄，之后将做好的匕首送给布莱达。他用这种方式向布莱达表示自己尊重她的探索。

薇卡用复杂的仪式为匕首注入魔力，包括念魔咒，用炭在刀身上画符号，用木勺敲打数次。匕首是使用者手臂的延展，刀锋集中了使用者全身的力量。就像仙女教母使用魔杖，勇士用剑一样。

布莱达觉得用炭和木勺很奇怪。薇卡解释，在猎杀女巫时期，女巫为了不暴露身份，只能用日常物品举行仪式。因此使用匕首、炭和木勺的传统保留了下来。先人们真正使用过的物品已经无迹可寻了。

布莱达学会了如何焚香，如何在魔法阵中使用匕首。每当月相发生变化，布莱达便要履行一个仪式：她会端一杯水放在窗台上，让月亮倒映在水里。然后她站着让自己的脸也映在水中，并且让月影正好位于她的前额正中。当她集中了全部注意力，就用匕首刺入水中，让月亮与脸的倒影分裂成碎片。

她必须马上饮用碗中的水，这样一来，月亮的力量便会在她体内增加。

“这样做根本就没有意义。”布莱达曾经抱怨道。薇卡没说什么，她也经历过这个阶段，但后来她想起了耶稣的话，事物都在不知不觉中发生着变化。

“有没有意义并不重要。”薇卡对她说，“想想黑夜。这个仪式你做得越多，先人和你交流的次数就越多。起初你可能不懂他们在说什么，因为只有你的灵魂在倾听，但总有一天那些声音会被你听到的。”

布莱达不想听到那些声音，她只想找到灵魂伴侣，但她并没有和薇卡说这些。

薇卡不准她再回到自己的过去，说是没什么必要。

“也不能用塔罗牌预测未来。牌只能展示未来的结果，而中间的过程是不可见的。”

布莱达每周要练习三次塔罗牌，只是将它们摊在桌上凝视。她偶尔能看到幻象，但这些幻象通常很令人费解。当她向薇卡抱怨时，薇卡表示那些幻象太过深奥，布莱达还没有足够的能力去理解。

“为什么不让我用塔罗牌预测未来？”

“只有‘现在’对我们的生活有控制权。”薇卡回答道，“当你用塔罗牌预测未来时，就是把‘未来’引入‘现在’，这会造成严重的问题，‘现在’可能会将‘未来’打乱。”

两个人每周都会去一次森林。薇卡向她讲授草药的秘密。对薇卡来说，世上的一切都带有上帝的印记，尤其是植物。有些植物的叶子形状像心脏，对心脏病有好处。有的花像眼睛，可以治疗眼疾。布莱达发现很多植物都与人体器官相似。在劳伦斯从大学图书馆找到的一本民间药学书里，她发现研究表明，农民和女巫的观念或许是对的。

“上帝把他的药房设置在森林和田野里。”她们坐在树下休息时，薇卡说，“这样每个人都能拥有健康。”

布莱达知道薇卡还有其他学生，但她从来没有正式见过他们。因为狗总会在她和薇卡的会面结束时叫起来。即便如此，她还是在楼梯上碰到过其他人：比她年长的妇人，跟她差不多大的女孩，穿着西装的男士。布莱达小心翼翼地听着他们的脚步声，直到老旧的木地板吱吱嘎嘎地透露出他们的目的地：薇卡的公寓。

有一天，布莱达冒险问起了其他学生。

“魔法就是力量的集合。”薇卡说，“所有不同的天赋都在维系着魔法的发展。它们相互依存。”

薇卡解释说一共有九种天赋，太阳传统和月亮传统几个世纪以来都在尽力维系这九种天赋。

“九种天赋分别是什么呢？”

薇卡批评布莱达太懒，只会问东问西，真正的女巫要对各种灵修方式感兴趣。

薇卡说布莱达应该多花点时间去看《圣经》（《圣经》里包含了所有的神秘智慧），在《哥林多前书》中寻找答案。布莱达照做了，她找到了那九种天赋，分别是：智慧的言语，知识的言语，信仰，治病，行神迹，预言，辨别诸灵，说方言，翻译方言。

布莱达这才明白,她一直在寻找的天赋是什么:辨别诸灵。

薇卡教布莱达跳舞。她要求布莱达学会和着世界的声音，即那始终存在的振动去舞动。没有什么特别技巧，想怎么跳就怎么跳。即便如此，布莱达还是花了一些时间才习惯没有逻辑地舞动。

“巫师教了你黑夜，在两种传统中——其实只是一种——黑夜是唯一能够让人成长的方法。当你走上魔法的道路，要做的第一件事就是把自己交予一种强大的力量，去面对已经超出自己理解能力的事物。

“你所期盼的事都不会以有逻辑的形式表现出来。你只能用自己的心去感受，这可能有点令人害怕。旅途中会有很长一段时间像黑夜一般，但任何探索都是信仰的实践。

“上帝虽远比黑夜难理解，但他欣赏我们对信仰的实践，他会牵着我们的手，指引我们越过神秘未知。”

薇卡提到巫师的时候，没有任何敌意和埋怨。布莱达猜错了，薇卡和巫师之间根本没有情感瓜葛，从她的眼睛就看得出来。那天薇卡生气大概只是因为两人最终选择了不同的道路吧。巫师和女巫都很虚荣，都想向对方证明自己的路才是最正确的。

布莱达突然意识到自己想到什么了。

薇卡并不爱巫师，从眼神就看得出来。

她看过这方面的电影和书，所有人都能通过眼神来判断一个人是不是坠入了爱河。

“只有经历过复杂之后我才能理解简单。”布莱达心想，也许有天她可以学会太阳传统。

岁末，当天气开始变得十分寒冷时，布莱达接到了薇卡的电话。

对方只说："两天之后是新月之夜，我们在森林里见面，天黑之前到。"

两天来，布莱达一直想着见面的事。她依旧按时履行仪式，和着世界的声音跳舞。每次跳的时候她都会想"要是跟着音乐跳就好了"，但她已经逐渐习惯了和着奇怪的振动频率舞动，在晚上或在安静的地方会听得更清楚些。薇卡曾说过，和着地球的声音舞动能使身心更加契合，从而消减压力。布莱达开始注意到街上的行人在走路时好像都不知道该把手放在哪儿，也不知道该怎么动肩膀和臀部。她很想告诉他们世界是有旋律的，只要他们每天能用点时间跟着这旋律舞动，哪怕只是随意乱晃，都会觉得更舒服。

然而，那种舞蹈属于月亮传统，只有女巫才会。太阳传统中应该有相似的东西。

太阳传统中通常都会有与月亮传统相似的部分，只是没人愿意学。

“我们已经丧失了和世界的秘密共存的能力了。”布莱达对劳伦斯说，“然而它们就在我们面前。我要成为女巫，因为这样才能将它们看清。”

约定好的日子到了，布莱达来到了森林。在树木中间穿行时，她感受到了自然的魔力。大约一千五百年前，这片森林是德鲁伊教徒的圣地，直到圣帕特里克将爱尔兰的蛇都赶走，他们才消失。然而，人们对于这片森林的崇敬之情却延续至今，直到现在，附近的村民仍对这里心存敬畏。

布莱达在森林里的空地上见到了薇卡，她穿着斗篷，身边还有另外四人，都穿着普通的衣服，都是女性。之前有生火痕迹的地方已经点起了篝火。布莱达看着那火焰，心里感到莫名的恐惧，不知是因为她身体里有罗妮的一部分，还是因为她其他化身的某些经历。

又来了几个女人。有和她年纪相仿的，有比薇卡还年长的。一共是九个人。

“今天我没有邀请男人。让我们在这儿一起等待月之国。”

月之国就是晚上。

大家围在篝火边上聊天，内容都是再普通不过的事。布莱达觉得自己是和很多爱嚼舌根的人在参加茶话会，尽管环境大不相同。

然而，当繁星布满天空时，气氛彻底变了。并不需要薇卡要求安静，谈话自然而然地结束。布莱达很惊讶，难道大家这时候才注意到篝火和森林吗？

在片刻的沉默之后，薇卡开口说道：“每年的今天，全世界的女巫都会聚集在一起祈祷，以此向前人致敬。根据传统，在新月之夜聚集到篝火旁，这火焰代表了那些受迫害的姐妹的生命与死亡。”

薇卡从斗篷下掏出一把木勺。

“这就是象征。”薇卡把木勺展示给大家看。

所有人都站着，手拉手。她们携手举过头顶，静静倾听薇卡的祷告。

“愿圣母马利亚与圣子耶稣的祝福今夜能降临在我们身上。我们体内沉睡着先人的灵魂，愿圣母保佑她们。

“请保佑我们，因为我们是女人。虽然，如今的男人越来越能够疼爱女人，理解女人，但前世的伤痛仍然存在，依旧会隐隐作痛。

“愿圣母马利亚能使我们摆脱伤痛与愧疚。外出工作时，我们感到愧疚，因为抛下了孩子去挣钱养育他们。留在家里时我们感到愧疚，因为没能充分享受自由。我们为一切感到愧疚，因为我们没有决定权，没有力量。

“愿圣母让我们时刻铭记，当男人们纷纷逃走，否定自己的信仰之时，是女人一直陪伴在耶稣身边。当他背负十字架的时候,是女人在哭泣。当他死去时,是女人在他的脚边等待。是女人去拜祭他空空的坟墓。我们不应该感到愧疚。

“愿圣母马利亚让我们铭记，我们被烧死，被迫害只是因为我们传播了爱的信仰。当人们企图以罪恶的力量停止时间之时，是我们秘密地聚集起来，庆祝世界上仅存的美好。我们却因此受到了惩罚，在广场上葬身火海。

“愿圣母马利亚让我们铭记，在广场上，当男人因领土纷争而受到制裁时，女人则因通奸罪而受到制裁。

“愿圣母马利亚让我们铭记前人，比如圣女贞德，她们不得不女扮男装完成神的指示，即便如此，还是死于火刑。”

薇卡两手攥着木勺向前伸。

“这便是前人们受难的象征。吞噬她们躯体的火焰永远灼烧我们的灵魂。因为她们就在我们体内。我们便是她们。”

说着，薇卡将木勺扔进火堆。

布莱达继续坚持履行薇卡传授的仪式，保持蜡烛点燃的状态，随着世界的声音起舞。她在“暗翳之书”上记录下每次与薇卡的会面，每周去两次那片神圣的森林。布莱达惊讶地发现她已经掌握了一些关于药用植物的知识。

然而，薇卡想要唤醒的声音始终没有出现。她也没有在任何人的左肩上看到闪光点。

“谁知道呢，可能我还没遇到自己的灵魂伴侣。”布莱达有些害怕地想着。这是掌握了月亮传统的人的宿命：绝不会选错自己的命定之人。这就意味着，在成为真正的女巫之后，她再也不能像其他人那样对爱抱有幻想了。没错，这样能减少一些痛苦，因为根本就不会有痛苦了，因为她会爱得更加深切。毕竟，寻找灵魂伴侣是每个人一生中的神圣使命。即使有一天被迫分离，对灵魂伴侣的爱也会转变为深刻的理解与纯净的思念。

然而，这也意味着，从能看到光点的那刻起，就不再拥有爱的黑夜。布莱达想起了自己曾多次因爱痛苦，那些等待着电话的无眠的长夜，再也没有下文的浪漫的周末，不安地环视四周看看都有谁在的聚会，为了证明自己有魅力而去征服别人的快乐，曾经认定好友的男朋友才是她命中注定的人带来的悲伤和孤独。这是她生活的一部分，也是她认识的每个人的生活。那是恋爱，自古以来人类就通过这样的方式找寻灵魂伴侣，找寻那闪烁着欲望光芒的眼睛。她从未觉得这些行为有什么意义，相反，她认为为某人伤心，为找不到共度余生的人而害怕都是徒劳。如今她可以从这种恐惧中彻底解脱，却不确定自己到底想要什么了。

“我真的想拥有看见闪光点的能力吗？”

布莱达想起了巫师，也许他是对的，太阳传统才是阐释爱的最正确的途径。但如今她已经不能改变主意了。她选择了自己的路，就要一直走到最后。如果她现在放弃，以后就更不知该如何选择了。

某天下午，在学习了古老的求雨仪式之后——布莱达必须把仪式记录到“暗翳之书”上，哪怕她永远不用——薇卡问布莱达是否穿过自己所有的衣服。

“当然没有。”布莱达说道。

“从现在起，把你衣柜里的衣服都穿一遍。”

布莱达不太明白。

“所有拥有我们力量的东西都应该被经常使用，”薇卡解释说，“你买的衣服是你的一部分，它们代表着特殊的时刻。它们可能是你高兴的时候买给自己的礼物，也可能是你受到伤害的时候给自己的补偿，或者是你想要通过它们来改变一下自己。”

“衣服总是把情感转化为物质，那是可见世界与不可见世界之间的联系。有些衣服会带来厄运，因为它们本该是别人的，最终却到了你手上。”

布莱达明白薇卡在说什么，有些衣服她确实不能穿，每次穿的时候都会发生一些不好的事。

“扔掉那些不该属于你的衣服。”薇卡继续说，“把其他的都穿一遍。土地要经常翻动，海浪要不停拍打，情感要一直保持运动状态。整个宇宙都在不断更新，我们不能停下来。”

回到家之后，布莱达把所有衣服都摆到了床上。她看着每一件衣服，很多她自己都不记得了。有一些衣服让她回想起了很多快乐时光，尽管已经过时了，布莱达还是将它们保留了下来。因为她觉得，如果把那些衣服扔了，就好像把当时感受到的快乐也一同丢掉了。

她看着那些拥有“厄运”的衣服。她总是希望有一天它们会变好，但每次她试探性地穿上它们，结果总是很糟糕。

她才发现原来自己和衣服的关系比她认为的复杂得多。但即使是这样，她也很难接受薇卡插手她个人生活的穿着方面。有些衣服是要留到特殊场合来穿的，只有她知道该什么时候穿。有些衣服不适合工作或周末外出时穿。薇卡为什么要管这些？对于薇卡之前让她做的事情，她都没有质疑过。跳舞，点蜡烛，把匕首刺入水面，学习她根本不会用的仪式。

这一切她都能接受，因为这是传统的一部分，是她还不能理解但可能会和未知的自我联系的传统。但是如今薇卡插手她的穿着，这等于打乱了她的存在方式。

也许薇卡有点越权了吧。也许她在干涉她并不该涉足的事情。

“改变外在比改变内在要难。”有个声音说道。布莱达下意识地环顾四周，但她知道没有其他人。是那个声音。是薇卡想唤醒的声音。

她尽力控制着自己激动又畏惧的心情。她沉默着，希望还能听到些什么，但只听到了街上的噪音，远处电视机的声音和无处不在的世界之声。她试着坐在刚才的位置，心里想着同样的事。一切都发生得太突然，她都没来得及感到害怕、惊讶或自豪。

那个声音确实说话了。就算所有人都证明那只是她的幻想，就算现在又回到了猎杀女巫时期，她可能会因此被判刑，葬身火海，她也敢完完全全地肯定，自己就是听到了那个声音。

“改变外在比改变内在要难。”那声音本该说点更令人震惊的话，毕竟这是她在这一世轮回中第一次听到声音，但突然间布莱达满心欢喜。她想给劳伦斯打电话，想去找巫师，想把这件事告诉薇卡。她的天赋显露了，她可以成为月亮传统的一部分了。她在房间里走来走去，抽了几支烟，半小时之后终于冷静下来，重新坐到床上。

那个声音说得有道理。布莱达已经把自己的灵魂交给一个陌生的女人了，奇怪的是，让她按薇卡说的方式穿衣服反而比把灵魂交出去更难接受。现在她才知道，那些表面上看来没有意义的仪式确实在改变着她的生活。直到现在，当她考虑到外在的改变时，她才意识到她的内在改变了多少。

她们再次见面时，薇卡想要知道关于那个声音的一切。她很高兴地发现布莱达将所有细节都记在了“暗翳之书”上。

“这声音是谁发出来的？”布莱达问。

比起回答女孩无穷无尽的问题，薇卡有更重要的事要说。

“到目前为止，我向你展示了如何回到你的灵魂数次转世前走过的路。通过前人的符号和仪式，我用直接与灵魂对话的方式唤醒知识。你虽然偶尔会抱怨，但内心却为找回了自己的使命而高兴。在你对那些练习、舞蹈和仪式感到愤怒、厌倦的时候，你隐藏起来的那部分便会再次吸收时间的智慧，回想起前世所学，正如《圣经》中所说，这种就发芽渐长，你却不晓得如何这样。然后，就到开始学习新知识的时候了。这叫作初始，也就是你真正在这一世学习你需要学习的新事物的开端。那声音表明你已经准备好了。

“在女巫的传统中，初始通常发生在两分日，即日夜平分的日子。春分就快到了，三月二十一日，我的初始之日就是春分日，希望你也如此。你已经学会通过使用工具和仪式来联系可见世界与不可见世界。每当你履行一个仪式，你的灵魂就会回忆起一些前世所学。

“当你听到那个声音的时候，你就把不可见世界中发生的事情带入了可见世界。也就是说，你意识到你的灵魂已经准备好迈出新的一步。你已经达成第一个目标。”

布莱达想起自己最初的目的是学会看闪光点，但近来她对寻找真爱一事想了很多，最初的目的变得越发不重要了。

“若想在下个春分日初始，你还要再经历一次考验，如果没有通过考验，也没关系，之后还有很多个春分秋分日，总有一天你会成功初始的。到目前为止，你已经运用了自己的阳性力量:知识。你知道一些事,并且能理解自己的所见所知，但还没有接触过阴性力量，那是促成转化的决定性力量，不经过转化，知识是不会变成智慧的。

“阴性力量是属于女巫和特别的女人的邪恶力量。世人都知晓这一力量。我们女人知道自己是秘密的守护者。因为它我们注定要游离在危险又充满敌意的世界中。因为是我们女人将它唤醒的，因为在有些地方它被认为是令人厌恶的东西。人只要接触这一力量，便会在余生中与它联系在一起，即便是在不自知的状态下。它可能会成为你的主人，也可能成为你的奴隶;你能将它转化为魔力，也可能注意不到它的强大。世上一切都拥有这种力量，它在普通人的能见的世界里，亦在神秘的未知世界里。它可能被消灭、压碎、隐藏，甚至否定。它可能会长眠数年，或被遗忘在某个角落，我们可以用任何想要的方式来对待它，然而，只要接触过这一力量，人们便终生难忘。”

“这到底是什么力量？”

“别再不停问我愚蠢的问题。”薇卡回答，“你明明知道答案。”

布莱达确实知道那是什么。

是性。

薇卡拉开纯白的窗帘，窗外风景展现在布莱达眼前。窗户外有一条河，对岸是古旧的建筑，群山坐落在远处。巫师就在其中一座山里。

“那是什么？”布莱达指着一座教堂的顶部问道。

“十字架。基督教的象征。”

“罗马人不会进入有这种十字架的建筑。他们认为那是宗教裁判所。因为十字架代表了人类发明的最残忍的刑具。

“十字架仍然是十字架，但它的意义发生了变化。同样，当人们接近上帝时，性是与神交流的象征性方法，是与生命意义的重逢。”

“那为什么追寻上帝的人都远离性呢？”

薇卡对布莱达打断自己感到有些不满，但还是回答了她的问题。

“我说的力量不单单指性行为。很多人可以不通过性行为来运用这种力量。这完全取决于个人选择的道路。”

“我了解这种力量。”布莱达说，“我知道如何运用它。”

“你可能知道如何与男人上床，但并不代表你了解这种力量。男人女人都极易被性的力量伤害，因为在性的过程中，欢愉和恐惧同样重要。”

“为什么欢愉和恐惧同时存在呢？”

女孩总算问出了个值得回答的问题。

“因为任何人在接触性的时候，都知道只有在自己失控时它才会强烈迸发。当我们和某人在床上的时候，我们不仅允许他和我们的身体交流，同时还允许他与我们的整个生命交流。是生命纯粹的力量在自由交汇，我们控制不了，因此我们无法隐藏自己。

“我们对自己的想象，惯用的伪装和聪明的回答都不重要了。在性的过程中，很难去欺骗别人，因为那是每个人展露真我的时刻。”

薇卡说得好像很了解这种力量。她眼中散发着光芒，声音里带着骄傲。也许就是这种力量让她如此迷人。布莱达觉得能向薇卡学习真好，总有一天，她也能发现这力量的奥秘。

“在进行初始之前，你必须要感受到这种力量。至于其他关于女巫的奥秘，仪式之后你就会明白的。”

“我怎么才能感受到那种力量？”

“有个简单的公式，就像所有简单的事物一样，然而它的结果却比我教你的所有难懂的仪式都要复杂。”

薇卡走近布莱达，抓着她的肩膀，凝视着她的双眼。

“公式是这样的：在整个过程中运用你的五感，如果高潮的时候它们汇集到了一起，你就可以初始了。”

“我是来道歉的。”布莱达说。

两人来到上次见面的地方，就在山的右侧岩石旁边，从那儿能饱览山谷的景色。

“我的行动偶尔会与想法不一致。”女孩继续说道，“但如果你曾经爱过谁的话，一定能明白爱是多么刻骨铭心。”

“我明白。”这是巫师第一次对他的私人生活作出评论。

“你说得有道理，肩上的光点并没有那么重要。因为我发现寻找的过程也是很有趣的。”

“只要能克服自己的恐惧。”

“是的。”

布莱达很高兴，因为她发现即使是满腹经纶的巫师也仍然会畏惧。

两人一整个下午都待在还覆盖着积雪的森林里，谈论着植物、风景和这个地方的蜘蛛织网的方法。在爬到一定高度的时候，他们偶遇一位牧羊人正赶着羊群下山。

“你好，圣地亚哥！”巫师向牧羊人打招呼，然后转向布莱达说道："上帝偏爱牧羊人。他们习惯与自然相处，安静且有耐心。他们拥有所有与宇宙通感所需的美德。"

布莱达不想提早谈论，到那时为止，他们还没开始讨论。于是又将话题转回到她的生活和凡尘琐事上。直觉告诉她最好不要提到劳伦斯。她不知道现在到底是什么情况，也不知道为什么巫师对她这么在意，但她必须要让巫师保持住这份热情。薇卡说过，那是邪恶的力量。布莱达有目标，而巫师是能帮她实现目标的人。

一群羊经过，在雪地上留下了奇特的痕迹。这次没有牧羊人，但羊群似乎知道它们在往哪儿走，在寻找什么。巫师站了很久，凝视着羊群，好像在研究什么布莱达不懂的太阳传统的秘密一样。

天色渐渐暗下来，布莱达在面对巫师时产生的惯有的敬畏感也渐渐消失了。她第一次在他身边感受到了平静与安心，也许是因为她不用再展示自己的天赋了。她已经能听到声音了，加入到那些人的队伍中现在只是时间问题。她也属于那个神秘的世界，从听到那声音的一刻起，她身边的这个男人就成了她生命中的一部分。

布莱达想握着巫师的手，请求他讲讲太阳传统，就像她过去经常求劳伦斯讲述那些古老天体一样。可以说他们在看着同样的星星，只是观看的角度不同而已。

有个声音告诉她巫师需要她这样做，并不是月亮传统那神秘的声音，而是她不安的，有时显得荒谬的心声。她并不经常聆听自己的心声，因为这声音总会把她引到自己不能理解的路上去。

然而情感就像脱缰的野马，叫嚣着让布莱达回应。她放任它们自由地奔跑直至感到疲惫。它们告诉布莱达，若是在那个下午她能够爱上巫师，那该有多好。因为一旦陷入爱情，人便能够理解之前甚至无法想象的一切。爱是钥匙，能开启所有未解之谜。

布莱达幻想了很多包含巫师的浪漫场景，但最终控制住了自己的感情。她告诉自己不能爱上身边这个男人，因为他了解整个宇宙，而人类的情感与之相比太过渺小。

他们来到一座古老的修道院遗址。地上堆满了石雕，巫师坐在其中一块上。布莱达则清理了窗台上的雪，坐了上去。

“生活在这儿一定很舒适吧。白天在森林里散步，晚上回到温暖的小屋休息。”布莱达说。

“是很舒适。我能辨别所有鸟儿的歌唱，读懂上帝的信号，还学习了太阳传统与月亮传统。”

“但我是孤身一人。”巫师很想说出来，“如果孤身一人，即使了解整个宇宙也是毫无意义的。”

他的另一半就在眼前，坐在窗台上。他能看到对方左肩上的闪光点，他后悔自己曾学习了两种传统。也许他之所以会爱上布莱达，都是因为能看见那个光点。

“她很聪明。预感到可能会有危险，于是不再想了解更多关于光点的情况了。”他想。

“我能听到那个声音了。薇卡是十分出色的导师。”

这是那个下午布莱达第一次提起与魔法有关的事。

“那声音会向你讲述世界的秘密，那些秘密记载在时间长河中，由女巫们代代相传。”

巫师没有听自己在说什么，他竭力回想着第一次见到布莱达时的情景。独居的人会渐渐失去时间概念，每一刻都变得漫长，每一天都像不会结束一样。即便如此，他知道他们之前只见过两次。布莱达进步的速度很快。

“我学会了仪式，在春分日的时候可以初始了。”她又开始紧张。“但我还缺少一种力量，每个人都知晓那种力量，并且将它视为秘密。”

巫师知道布莱达来找他的真正意图是什么了。当然不只为了在林子里散步，在雪地上留下那逐渐靠近的两行脚印。

布莱达竖起衣服的领子挡住脸。不知道是因为坐着觉得冷了，还是为了掩饰紧张。

“我想学会如何通过五感唤醒性的力量。”她说，“薇卡没说。她只说既然我能唤醒那个声音，也就能唤醒性的力量。”

两人陷入了沉默。布莱达考虑着在修道院遗址前谈这样的事是不是有点不妥。但她想起了薇卡说过有很多方式可以唤醒这种力量，曾住在这里的修士们是通过节欲的方式，他们会理解她的。

“我试了各种各样的办法，但我觉得这里面一定有幻术，就像那个电话的幻术让我看到了真正的塔罗牌一样。我想一定有些事情薇卡没有教我。我想也许她是通过很困难的方法才做到的，于是也想让我经历一些困难。”

“你是因为这个才来找我的？”

布莱达看着巫师的双眼。“是的。”

布莱达希望自己的回答能说服巫师，但见了他之后自己就不太肯定了。他们穿过覆盖着厚厚积雪的森林，阳光照在雪上。她和巫师聊着一些无关痛痒的话题，这一切都让布莱达的情感像野马一样飞驰。她不得不再次说服自己，她到那里去只有一个原因，而且无论用什么方法，她都要达到目的。因为上帝在成为男人前曾是女人。

巫师从石头上站起身，走到遗址唯一完整的一面墙前面。墙中间是一扇门，他靠在门上。傍晚的阳光洒在他的背脊上，布莱达看不到他的脸。

“有样东西薇卡没有教你。”巫师说，“可能是她忘了，也可能是她希望你自己去发现。”

“我现在就在这里，我来自己发现。”

布莱达在心里问自己，这是否自始至终都是薇卡的计划——让她来找巫师。

“我会教你的。”巫师最终说道，“跟我来。”

他们来到一些巨型树木跟前，那些都是森林里最高最壮的树。布莱达发现有些树的树干上有粗糙的阶梯。每一个阶梯顶端都有一间小屋。

“这肯定是学习太阳传统的隐士们住的地方。”布莱达心想。

巫师认真地检查了每一间小屋，最终选定了一处，让布莱达跟他进去。

布莱达开始往上爬，爬到一半时她害怕了，因为掉下去的话会没命的。尽管如此，她还是决定继续往上爬。这是个神圣的地方，是受森林精灵保护的。巫师没有请求森林精灵的允许，也许太阳传统不需要这么做。

当他们到达顶端时，布莱达深深地出了口气，她又一次克服了自己的恐惧。

“这里很适合用来教你该如何继续下去。”巫师说，“这里是埋伏的地方。”

“埋伏的地方？”

“这些都是猎人的小屋。必须要建在高处，这样动物才不会嗅到人的气味。在一年的时间里，猎人一直将食物放在附近，这样动物就会习惯到这儿来，然后有一天，猎人会将它们杀掉。”

布莱达发现地上有一些空弹壳，这让她感到不寒而栗。

“看看下面。”巫师说。

狭小的空间勉强能容纳两人，布莱达都快贴到巫师身上了。她往下看了看，这树一定是这里最高的一棵。她能够看到其他树木的顶端，还能看到山谷和远处被积雪覆盖的绵延不绝的山脉。这儿太美了，毋庸置疑是个埋伏的好地方。

巫师掀开了小屋的帆布屋顶，屋里一下子就充满了阳光。有点冷，布莱达觉得他们是在世界顶端的魔力之境。她的情感再次想要挣脱缰绳，但她必须控制住自己。

“其实没有必要把你带到这里来，向你解释你想知道的一切。”巫师说，“但我想让你更加了解这片森林。冬天，猎人和动物都不到这里来了，我就会经常来这儿，爬到树上，凝视大地。”

他真心想和布莱达分享自己的世界。布莱达的血液加快了流动。处于生命中这样的时刻，当她唯一的选择是彻底失控时，她反而很平静。

“人和世界的联系都是靠五感来建立的。进入魔法世界就是要发现其他未知的感觉，而性会驱使我们来到感觉的大门前。”

巫师说得很大声，他就像是一个正在上生物课的老师。“也许这样更好吧。”布莱达想，虽然她并不确定。

“无论你是在寻找智慧还是单纯地享受快感，性都是一个完整的经历，因为它是人类唯一一个同时动用五感的活动。我们所有与他人交流的通道都敞开了。”

“高潮的时候，五感消失，你便会进入魔法世界，看不到，听不到，闻不到，没有味觉也没有触觉。在那短短几秒中，一切都消失了，只剩下狂喜。那是神秘主义者们经过多年严格的修炼才能达到的狂喜状态。”

布莱达想问为什么神秘主义者们不能通过高潮来达到狂喜，但她想起了有些人是天使的后裔，他们永远都是孤单的。

“是五感将人们推至这份狂喜之中。五感越受刺激，推力就越大，狂喜也就会越剧烈。明白吗？”

当然明白。她点头表示。这个问题让她觉得自己和巫师的距离越来越远，她希望他在自己身边散步，就像穿过森林时一样。

“就是这样。”巫师说。

“这些我都知道，但我做不到。”布莱达不敢提起劳伦斯，她预感到那会很危险。“快告诉我能够做到的方法！”

她紧张又心烦，情感逐渐挣脱了缰绳，她控制不了了。

巫师再次看向下面的森林，布莱达不知道他是不是也在控制着自己的情感，但她觉得那是不可能的，她也不希望是那样。

她知道什么是太阳传统，知道太阳传统的导师通过空间和时间教学。她第一次来找他之前就想过了。她想象过有一天他们会单独在一起，由他在实践中教她。太阳传统的导师总是通过实践教学，从不赋予理论过多的重要性。她到森林里来之前都想过了，但她还是来了，因为她的路比一切都重要，她要将传统延续下去。

但巫师表现得和薇卡一样，只是讲授内容。

“教我如何能做到。”布莱达又重复了一遍。

巫师望着那些光秃秃的积雪的树枝，那一刻，他可以忘掉自己是导师，只是巫师，和其他男人没什么两样。他的灵魂伴侣就在面前，他可以告诉她自己能看到她左肩上的光点，她会相信的，这样两个人就能完成灵魂伴侣的重逢。即使布莱达哭着离开，最终也会回来，因为他说的是事实——她需要他正如他需要她。这就是灵魂伴侣，他们总是能认出对方。

但他是导师，他曾在西班牙的一个小村子里许下神圣的誓言，绝不会用自己的能力改变别人的意愿。但有一次他违背了这个誓言，因此许多年前被放逐到了这片森林里。现在情况不同了，但他仍不敢冒险。

“我可以为她放弃魔法。”有那么一刻，他甚至这样想，但他马上就意识到自己的想法太傻了。爱不需要这样的放弃，真爱允许每个人走自己的路，即使这样他们也不会远离自己的灵魂伴侣。

他必须有耐心。他必须牢记牧羊人的耐心，他知道或早或晚，他们总会在一起的。这是定律。他毕生都相信定律。

“其实很简单。”巫师说，他控制住了感情，理智胜利了。

“当你确定自己真的碰触到某人的时候，五感就开启了。性是有生命的，一旦开始你就无法再控制它了，而是由它来控制你。你的恐惧、欲望和感觉会一直持续。这就是为什么有的人会性无能。当你做爱的时候，你只有爱和五感。这样你才能与上帝沟通。”

布莱达看着地上的空弹壳，她没有立即表现出自己的真实感受。她知道现在就是自己所说的幻术，而这才是她真正感兴趣的。

“这是我能教你的一切。”

她没有动，情感的野马被沉默控制住了。

“在身体接触之前，平静地深呼吸七次，保证你的五感已经开启了。然后就顺其自然吧。”

他是太阳传统的大师，他又度过了一次试炼。他的灵魂伴侣也让他学会了不少东西。

“你已经看过这里的风景了，我们可以下去了。”

布莱达心烦意乱地坐在广场上看着玩耍的孩子们。有人曾经对她说，每个城市都有一个“神奇之地”，当人们想要严肃地思考生活时，就会去那里。在都柏林，广场就是她的“神奇之地”。这里邻近她曾经租住的公寓，那时她刚刚来到这座大城市，心里充满了梦想与期待。她的计划是进入都柏林大学圣三一学院深造，最终成为一名文学教授。那时她常常坐在现在坐的这张长椅上写诗，一举一动都模仿自己所崇敬的那些文豪。

但父亲汇来的钱并不充裕，布莱达不得不在现在上班的进出口公司找了份工作。她并不为此感到难过，相反，她很高兴能做这份工作。事实上，工作成了她生活中最重要的一部分，因为工作给了她一种现实感，让她不会发疯。工作让她在可见世界与不可见世界之间保持了微妙平衡。

孩子们还在玩耍。所有的孩子——包括布莱达——小时候都听过仙女和女巫的故事。故事中的女巫总是穿着黑色斗篷，会骗在森林中迷路的可怜小姑娘吃毒苹果。没有一个孩子会想到，现在正在看着他们玩耍的女人是个货真价实的女巫。

那天下午，薇卡让布莱达做个和月亮传统无关的练习。这个练习对每个想保持可见世界与不可见世界之间畅通联系的人都有用。

它操作起来很简单：平躺，放松，想象着城里一个主要的商业区。集中精力看着一个商店的橱窗，记住里面所有的细节，货物的摆放位置和价格。练习结束后，到商店去验证自己是否正确。

现在她正在广场上看着孩子们。她刚刚从商店回来，商店的橱窗和她集中精力时看到的一模一样。她不明白这真的是所有人都能做到的，还是自己数月来练习魔法有了效果。她永远都不会知道答案。

布莱达幻想的那条商业街就在她的“神奇之地”附近。“没有什么是偶然的。”她想。她的心因为一件尚未解决的事而不安，那就是爱。

布莱达爱劳伦斯，这点她十分确定。她知道当她能够灵活运用月亮传统时，就能看到劳伦斯左肩上的光点。城里有座著名的塔，是从詹姆斯·乔伊斯的《尤利西斯》中获得灵感建造起来的，有一天下午，两人到塔边上的咖啡馆喝热巧克力的时候，她就看到了他眼中特殊的光。

巫师说得对，每个人都可以走太阳传统这条路，只要懂得祈祷，有耐心并且诚心求教，就能破解其中的奥秘。布莱达越是深入学习月亮传统，就越能理解并崇拜太阳传统。

布莱达又想起了巫师。他就是她到“神奇之地”来思考的问题。自从上次在猎人小屋见面之后，她经常想起他。她想现在就去告诉他刚刚结束的练习。然而，布莱达知道这只是个借口，她其实是希望他能再邀请自己一起到森林里散步。布莱达确信巫师会好好招待她，她相信巫师出于某种神秘的原因也喜欢自己陪在他身边，但她甚至不敢去想原因可能是什么。

“我的想象力实在太过丰富了。”布莱达想。她想尽力把巫师赶出脑海，但她知道他很快就会回来。

不能再想了。她是女人，她懂得一段新恋情开始的迹象。必须不惜一切代价避免这种情况的发生。她爱劳伦斯。一切这样继续下去就好，她的生活已经发生了太多变化。

周六早上，劳伦斯打来电话。

“我们出去走走吧。”他说，“去海岸。”

布莱达准备了点吃的。两人一起在暖气坏了的公共汽车上熬过了漫长的旅程。将近中午的时候他们才到达临近海边的村子。

布莱达很激动。这里是一位诗人的故居，在文学院的第一年，布莱达阅读过这位作家的很多作品。他是个神秘主义者，是位通晓月亮传统的大师，曾经加入过秘密社团并在作品中为寻找心灵之路的人留下了很多隐藏信息。他的名字叫威廉·巴特勒·叶芝。在这个寒冷的早晨，海鸥在停泊于小小的港口里的船只上方飞翔。布莱达想起了他的几句诗，仿佛就是为这一切而写的。

> 我把我的梦铺在了你脚下，
> 轻些，因为你踏着我的梦。

两人来到村里唯一的酒吧，喝了点威士忌驱寒，然后向海岸出发。他们沿着狭长陡峭的柏油路往上走，半小时后便到达了被当地人称作“海岸悬崖”的地方。那是由很多岩石组成的下沉到海中的一块崖壁。他们走在一条小路上，虽然走得很慢，但用不了四小时就能走完这一片，之后仍旧坐公共汽车回都柏林。

布莱达因沿途的景色而感到快乐。不管感情生活如何在她控制之下，冬天总是很难熬。白天上班，晚上上学，周末去看看电影，一丝不苟地履行仪式，照薇卡教的那样跳舞，她所做的就是这些。但她渴望接触世界，想走出家门感受一下大自然。

天阴沉沉的，云层很低，但身体的运动加上威士忌成功地驱赶了寒冷。路太窄了，两人不能并排走。劳伦斯在前面，布莱达隔着一点距离跟在后面。这样的情况下不太方便交谈。即便如此，他们还是不时交流几句，感觉到对方就在自己身边，享受着周围的自然风光。

布莱达望着周边的风景，就像个入迷的小孩。这里应该和数千年前一样，没有城镇，没有港口，没有诗人，也没有学习月亮传统的女孩，只有岩石，汹涌的波浪，在低低的云层下飞过的海鸥。布莱达时不时地望一望悬崖，感到有些晕眩。她听不懂大海在诉说什么，也看不懂海鸥绘出的符号。然而，她就那样一直看着这些原始世界的景色，仿佛真正的宇宙智慧就在那里，而不是在她读过的书本上，或是她履行过的仪式中。随着他们逐渐远离港口，梦想、日常生活和寻找之路都慢慢变得不重要了。那里只有薇卡所说的“上帝的信号”。

剩下的只有在纯粹的自然力量中的最初时刻，让她感觉到自己是活着的，心爱之人就在身边。

走了大概两小时之后，路突然变宽了。两人决定坐下休息一会儿。不能坐太长时间，因为用不了多久就会觉得冷的，必须再动起来。但布莱达至少想这样在劳伦斯身边坐几分钟，一起看着云彩，听着大海的咆哮。

她能闻到海的气息，嘴里感觉咸咸的。她把脸贴在劳伦斯的外套上，渐渐感到暖和起来。布莱达充分感受到了自己的存在，她的五感开启了。

是的，她的五感开启了。

一瞬间，巫师闯进了她的脑海，随即又消失了。她现在只在乎自己的五感，要让它们继续开启。时机到了。

“我有话对你说，劳伦斯。”

劳伦斯低声应了一句，其实他有些害怕。看着云彩和悬崖的时候，他意识到这个女人是他生命中最重要的部分。岩石，蓝天，冬天，她是这些东西存在的唯一原因。若她不在自己身边，即使所有天使都到人间来安慰他也无济于事。天堂将变得毫无意义。

“我想告诉你我爱你。”布莱达温柔地说道，“你让我感受到了爱的快乐。”

好像所有的景色都渗入了她的灵魂，布莱达感到很完整。劳伦斯轻轻地抚摸着她的头发。她确信如果她肯冒险的话，一定能感受到从未体验过的爱。

布莱达吻了劳伦斯。她感觉到了他嘴里的味道和舌头的触感。她能清晰地感受每一个动作，并且知道劳伦斯和她感同身受，因为太阳传统会向每一个用初民的眼睛看待世界的人显露自己。

“我想在这里和你做爱，劳伦斯。”

各种想法闪过劳伦斯的脑海：他们是在户外，可能会有人经过，可能会有人和他们一样疯狂地在大冬天到那里去散步。不过如果真有人也那么疯狂，那他肯定能理解，某种力量，一旦开始就无法被打断。

他的手滑进布莱达的毛衣里，轻抚着她的乳房。布莱达将自己完全交给对方。世界的力量与她的五感交织，转化为排山倒海般的能量。两人倒在地上。岩石、峭壁、大海围绕着他们。在飞翔的海鸥和死寂的石头之间，他们开始毫无畏惧地做爱，因为上帝会保护天真的人。

他们不再觉得冷了。血管里的血液加速流动，她和他都脱掉了衣服。膝盖和后背被紧紧压在石头地面上，但并不觉得疼，反而感到欢愉。布莱达知道自己就要高潮了，但那感觉仍很遥远，因为她彻底和世界共通了。她和劳伦斯的身体与大海、岩石、生命、死亡交织在了一起。她尽量保持这一状态，身体的一部分模糊地意识到这是她从未经历过的。这让她重新了解了生的意义，像是重返伊甸园，像是夏娃被吸收到亚当的身体里，开始创造生命。

最后，布莱达失去了对周围世界的控制，她的五感似乎要挣脱束缚，她已经没有力气去控制它们了。像是有一束神圣的光照亮了她，布莱达将它们释放了。整个世界，海鸥，咸咸的味道，粗糙的地面，海的气息，云朵，都消失了。在原来的地方出现了一道巨大的金黄色光束，不断上升，上升，直到碰触到银河中最远的那颗星。

布莱达慢慢恢复平静。大海和云朵又出现了，但一切都沉浸在彻底的平静之中。整个世界的平静在那一刻都有了解释，因为她与世界共通了。她又发现了一座连接可见世界与不可见世界的桥梁，并且再也不会忘记这条路。

第二天，布莱达打电话给薇卡，把前一天发生的事告诉了她，对方沉默了一会儿。

“祝贺你。”薇卡最终说道，“你做到了。”

薇卡解释说，从那一刻起，性的力量将彻底改变布莱达感知世界的方式。

“你已经准备好参加两分日的庆典了，只是还差一件事。”

“还差一件事？你不是说就只差这个了吗？”

“一件很好办的事。你必须梦到一件衣服，那天要穿的衣服。”

“要是我梦不到呢？”

“会梦到的。更难的事你都做到了。”

然后，像往常那样，薇卡突然转移了话题。她说她买了一辆车，想要开车去购物，问布莱达是否愿意陪她去。

这邀请让布莱达感到很骄傲。她向上司请假，提前离开了公司。这是薇卡第一次对她展现友情，尽管只是邀请她一起去购物。布莱达觉得肯定有很多薇卡的学生想变成她。

也许这个下午布莱达能借机让薇卡知道，她对自己来说很重要，自己想和她成为朋友。要把友情和布莱达的灵修之路分开很难。这位导师至今都没有对布莱达的个人生活表现出一点兴趣，这让布莱达觉得被伤害了。她们的谈话一直局限于如何能使布莱达更好地走上月亮传统这条路。

到了约好的时间，薇卡在一辆红色的名爵敞篷轿车里等布莱达，顶篷收起来了。这是一辆英国古董车，保存得相当完好，有微微闪光的车身和抛光的木制仪表盘。布莱达不敢去猜价格。一个女巫能开这么贵重的车让她觉得有点恐怖。在学习月亮传统之前，她在童年时听过的很多故事里都说女巫与魔鬼签订合约，用来换取金钱和权力。

"敞着顶篷你不觉得冷吗？"布莱达上车的时候问。

"我可等不到夏天了。"薇卡回答说，"就是等不及。我盼望开车兜风已经很久了。"

真好。至少在这一点上，薇卡和普通人一样。

她们驾车在大街小巷穿行，惹来不少羡慕的目光和起哄的口哨声。

"你会担心梦不到穿什么是一个好现象。"薇卡说。布莱达已经忘了之前电话里的对话了。

"永远不要停止质疑。要是你不再有疑问，就证明你停滞不前了。那时上帝会打乱一切，他就是这样引领他的选民的，让他们一直在选定的路上前进，直到终点。不管我们出于什么原因停止，也许是自满，也许是懒惰，或是误以为自己已经知道得够多了，他都会要求我走下去。

“反过来说你要注意：绝不要让疑惑妨碍你的行动。该作决定的时候就要作出决定，哪怕还不清楚这决定是不是正确。只要在下决定时能想着一句古老的德国谚语，所有行动都不会是错误。这句谚语由月亮传统流传至今，若你能记住它，你就能把错误的决定都变成正确的。

“魔鬼就在细节里。”

薇卡突然把车停在一家修理厂外面。

“关于这句谚语有个迷信的说法。”薇卡说道，“它只在我们有需要的时候才来帮助我们。我刚买了这辆车，魔鬼就在细节里。”

修理工走近的时候薇卡下了车。

“是车前盖坏了吗，女士？”

薇卡没回答，只是让他把车彻底检查一遍。在修理工检查汽车的时候，薇卡和布莱达坐在街对面的咖啡店里喝热巧克力。

“注意那个修理工。”薇卡看着窗外的修理厂说。修理工已经打开了车前盖，正盯着汽车的发动机看，一动不动。

“他什么都不碰，只是看着。他干这行已经很多年了，他知道汽车会和他用特殊的语言交流。不是通过理性，而是通过感觉。”

突然，修理工直接把手伸向发动机的某处开始摆弄起来。

“他找到问题了。”薇卡继续说，“没有浪费时间，因为他和汽车之间的交流是完美的。我认识的所有技术一流的修理工都是这样。”

“我认识的也是。”布莱达想。但以前她总以为那是他们不知道该从哪下手，所以只是一直盯着看。她从没注意到，只要他们一出手，就是正确的。

“为什么这些人，明明在生活中拥有太阳的智慧，却不去尝试理解宇宙最根本的问题呢？为什么他们就甘心修理汽车或是做酒吧服务生呢？”

“是什么让你觉得我们比他们要更理解宇宙呢？

“我有很多学生，都是很普通的人，会在看电影的时候哭，也会因为子女晚回家而担心，即使他们都知道死亡并非终点。巫术只是接近至高智慧的一种方法，其实人类不管做什么都能接近至高智慧，只要心里有爱。女巫可以与世界灵魂交流，可以看到灵魂伴侣左肩上的光点，可以透过烛火的灼热和沉寂思考永恒，但我们不懂汽车发动机。就如同修理工们需要我们一样，我们也需要修理工。他们通过汽车发动机到达不可见的世界，我们则通过月亮传统，但不可见世界都是一样的。

“做好你自己的事，不要去在意别人。要相信上帝也会和他们交流的。他们和你一样在努力寻找生命的意义。”

“已经没问题了。”两人回到修理厂时，修理工说，“有根油管有爆裂的危险。本来可能会造成大麻烦。”

薇卡讨价还价了一番，但还是很庆幸她记起了那句谚语。

两人来到都柏林的一条主要商业街购物，布莱达练习时看到的那家店铺碰巧也在这儿。每当谈话涉及个人生活时，薇卡的回答就变得含混不清，但谈到衣服、价格、粗鲁的店员这类鸡毛蒜皮的小事她倒是很有热情。那个下午她买的所有东西都展示了她不俗的品位。

布莱达知道不该去问别人他们的钱从何而来，但她真的很好奇，以至于想要冲破基本的礼貌防线。

购物之后，两人到一家正宗的日式料理店吃生鱼片。

“愿上帝保佑我们的食物。”薇卡说，“我们都是在未知的海洋上航行的水手，愿上帝赐予我们勇气，去接受未知的奥秘。”

“但你是月亮传统的导师，”布莱达说，“你已经知道那些奥秘了。”

薇卡全神贯注地坐了一会儿，看着食物。

“我可以在时间中穿行。”薇卡说，“我了解精灵的世界，也曾与那些言语无法形容的奇妙力量交谈过。可以说人类发展到今时今日，我掌握了这整个寂静的过程的知识。

“尽管我是导师，尽管我知道这一切，但我明白我永远不会知道我们存在的终极原因。我们可以知道自己在何时以何种方式存在于哪里，但是‘为什么’这个问题永远没有答案。宇宙的创始者有着只属于他自己知道的目的，那不属于其他任何人。”

沉默降临了。

“现在，就在我们吃饭的同时，世界上百分之九十九的人都在用自己的方式应对这一问题——我们为何存在于世？有些人通过宗教找到了答案，有些人在物质主义中得到解答，还有一些人绝望地用生命和金钱去尝试理解存在的意义。少数人放弃了寻找答案，活在当下，无论结果怎样。

“只有勇敢地知晓太阳传统或月亮传统的人才知道这个问题唯一可能的答案就是：无解。

“这答案乍听起来可能有些恐怖，它将我们直接推到了整个世界面前，我们必须去面对自己的存在。但在克服了起初的恐惧之后，我们便会习惯于那唯一的解决方式：追寻自己的梦想。勇敢地朝着梦想迈出每一步，只有这样才能显示出我们对上帝的信仰。

“一旦接受了这个答案，生活便有了神圣的意义，我们便能与圣母马利亚有相同的体验。在某个寻常的午后，一个陌生人出现，要送她一件礼物。‘情愿照你的话成就在我身上。’马利亚说。她知道人类能做到的最伟大的事莫过于接受未知。”

长久的沉默之后，薇卡又拿起餐具，继续吃了起来。布莱达看着她，觉得能在她的身边真的很自豪。她不会再为那些永远不会问的问题烦恼了，什么薇卡怎么挣钱的，有没有爱过谁，忌妒过谁。布莱达想到智者们伟大的灵魂，他们终其一生寻找着这个无解之题的答案，发现真相之后也没有试图伪造答案。他们始终谦逊地生活在这个他们无法理解的世界中。他们参与世界的唯一方法就是顺从自己的欲望、追逐自己的梦想，这样才能成为上帝的工具。

“那寻找答案还有什么意义呢？”

“不是寻找,而是接受。这样一来生活就会变得更加热烈、灿烂，因为我们知道我们度过的每一分钟、迈出的每一步都比我们自身重要。我们会明白，在时间和空间的某处，这个问题正在被解答。我们明白自己的存在是有原因的,这就够了。

“我们带着信仰潜入黑夜，去完成古代炼金术士所谓的天命。我们将自己完全交给黑夜，知道总有一只手会为我们指引方向，至于是否要接受指引，则完全取决于我们自己。”

那一晚，布莱达一直在听音乐，全身心地享受活着的喜悦。她记起了自己喜欢的作家们。其中有位英国诗人威廉·布莱克，他的一句诗让布莱达树立了信仰，走上寻找智慧的道路。

凡现已证实的都曾是现象。

该履行仪式了。布莱达要坐在房间角落那个小神龛前，凝视烛火。出神的时候她回想起自己和劳伦斯在海岸边做爱的那天，飞翔的海鸥时而贴近云层，时而贴近海浪。

鱼儿们肯定问过自己，要怎样才能学会飞翔。为何偶尔会有神秘的生物进入它们的世界，又突然消失不见。

海鸟也会感到困惑，它们赖以生存、生活在水下的鱼是如何在水中呼吸的呢。

海鸟和鱼，它们的世界偶尔互通，但都无法为对方解惑。可是双方都有疑问，这疑问是有答案的。

布莱达看着眼前的烛火，她的周围像往常一样逐渐产生了魔法气场，不同的是，这次的感觉更加强烈。

如果她能提出问题，就意味着在其他世界中存在着答案。有人知道这个答案,虽然她不知道。她不需要了解生活的意义，只需要找到那个知道答案的人，然后在他臂弯中像孩子一样沉沉睡去，知道这个比她强大的人会保护她，使她远离一切罪恶与危险。

仪式结束后，布莱达怀着感激的心情做了祷告，为自己这一路走过的每一步。她感谢自己请教的第一个人没有直接向她解释宇宙的秘密，而是让她在黑暗的森林里过了一晚。

她应该去找他，感谢他教会自己一切。

每次去找那个男人的时候，她都是带着疑问去的。一旦对方给出解答，她就离开了，很多时候连告别的话都没有。但正是那个人告诉她如何去唤醒初始时所需的力量，她至少应该对他说声“谢谢”。

不，她不担心自己会爱上巫师，因为她已经在劳伦斯眼里看到了自己灵魂中隐藏的部分。

也许她还不清楚自己能不能梦到一条裙子，但对于爱，她已经没有疑惑了。

“谢谢你接受我的邀请。”他们坐下来时布莱达对巫师说。两人正坐在村里唯一一家酒吧中，就是在那儿布莱达第一次发现了巫师眼中奇异的光芒。

巫师没说话。他注意到布莱达现在的能量很不一样，很明显她已经唤醒了性的力量。

“那天你把我一个人留在森林里，我发誓，再回来的话要么感谢你要么诅咒你，我发誓，只有在知道了自己的路之后才能再回到这里。然而我没能遵守任何一个诺言，每次都来寻求帮助，而你从未让我失望。这么做或许有些冒昧，但我希望你知道你表现得就像上帝的工具。希望你今晚尽情享受，别客气。”

布莱达正打算要两杯威士忌，巫师却先一步站起身来朝吧台走去，拿回了一瓶红酒、一瓶矿泉水和两个杯子。

“在古代波斯，”他说，“当两个人碰到一起喝酒的时候，一人被选做夜之帝王，通常是请客的人。”

巫师不知道自己的声音听起来是不是足够平稳。他是一个恋爱中的男人，而布莱达的能量已经改变了。

他把红酒和矿泉水放到布莱达面前。

“由夜之帝王来决定谈话的基调。若他在第一杯酒中倒的水比酒多，则表示要谈些严肃的话题。若酒和水一样多，那么要谈的事既有严肃的也有轻松的。若是倒满酒，只在其中滴几滴水，那这个夜晚就会是轻松快乐的。”

布莱达将两个杯子斟满红酒，然后在每个杯子中分别只滴了一滴水。

“我是来表示感谢的。”她重复道，“谢谢你教会了我生命就是信仰的实践，还有我配得上这样的探索。你让我坚定地走在我所选择的路上。”

他们很快将第一杯酒饮尽。他是因为紧张，她却是因为放松。

“只说轻松的事，对吗？”布莱达说。

巫师说既然她是夜之帝王，那她就有权力决定要谈什么。

“我想知道一点你的私事。你是不是曾经和薇卡发生过什么？”

他点点头。一股莫名的忌妒在布莱达心中油然而生，但她搞不清自己是在忌妒巫师，还是薇卡。

“但我们从没想过要生活在一起。”巫师继续说道。他和薇卡都通晓传统，都知道对方并不是自己的灵魂伴侣。

“我真不想学会如何看到灵魂伴侣肩上的发光点。”布莱达心想，虽然她知道那是不可避免的。巫师之间的爱情就是可能会遇上这样的情况。

布莱达又喝了一点酒。等春分到了，她就能达成目标了。很长一段时间内她都控制着自己，不多喝酒，但现在，就只差梦到一条裙子了，她可以放松了。

他们继续喝酒聊天。布莱达想把话题转回薇卡身上，但也想让巫师更放松。她一直往两人的杯里添酒，他们谈小村子的生活如何艰苦谈到一半时，一瓶酒就喝完了。村民总是把巫师和魔鬼联系起来。

布莱达感到自己对巫师来说很重要，这让她高兴。巫师一定是太寂寞了，也许村里所有人和他的交谈仅限于礼貌地打个招呼而已。他们又开了一瓶酒。布莱达感到惊讶，即使是独居在森林里、每天都和上帝交流的巫师也会这样喝酒，也会喝醉。

第二瓶酒见底时，布莱达已经忘了她来这儿是为了向坐在对面的男人道谢。她现在明白过来，她和巫师的关系一直都是模糊不清的。她不想看到巫师作为普通人的一面，但她正在这样做。她更偏爱巫师作为智者带她到树顶小屋，和她一起看日落的形象。

布莱达又说起了薇卡，想看看巫师会有什么反应。她称赞薇卡是位出色的导师，让自己在不知不觉中学会了很多知识，好像自己以前就会一样。

“你本来就会。”巫师说，“那是太阳传统的做法。”

“看来他不愿意承认薇卡是个好导师。”布莱达心想。她又喝了一杯酒，然后继续说有关薇卡的事，但巫师没有再作评论。

“跟我说说你们之间的事。”布莱达想看看能不能激怒他。她其实不想知道那些，真的不想，但这个问题大概最能让对方有所反应。

“那都是年轻时候的事了。我们这一代人不知道什么叫极限。我们是喜欢披头士和滚石乐队的一代。”

布莱达惊讶于这样的回答。酒没能使她放松，反而让她更紧张了。她仍然想问这样的问题，但现在她发现自己并不喜欢听到回答。

“我们就是那个时候相遇的。”巫师继续说，没有注意到布莱达的反应，“我们走着各自的道路，直到这两条路有了交点——同一个导师。我们在一起学习太阳传统和月亮传统，然后以自己的方式，都成了导师。”

布莱达决定把这个话题继续下去。两瓶酒下肚，即使是陌生人也能聊得像自小就认识一样。酒精确实能增加胆量。

“你们为什么分开？”

这次是巫师又要了一瓶酒。布莱达注意到了这点，所以更加紧张了，她明白这表示巫师对薇卡还有余情。

“我们之所以分开，是因为知道了什么是灵魂伴侣。”

“如果你们不知道什么肩头的亮点或是眼中的光芒，会不会还在一起？”

“不知道。我只知道，若我们还在一起，对双方来说都不是好事。人只有找到了自己的灵魂伴侣才能真正理解生命，理解宇宙。”

布莱达沉默了一会儿，不知该说什么。巫师打破了沉默。

“我们走吧。”他说，第三瓶酒才喝了一点，“我需要吹吹冷风。”

“他醉了。”布莱达想，“而且他怕了。”她很为自己骄傲。她不会像他这么贪杯，而且至少不怕自己会失控。她今天晚上就是来找乐子的。

“再喝一点。今天得听我的。”

巫师又喝了一杯，他知道这已经是极限了。

“你从不打听我的私生活。”布莱达在挑衅，“是不感兴趣，还是你能‘看到’呢？”

有那么一瞬间，布莱达觉得自己问得有点过头，但马上排除了这个想法。她注意到巫师的眼睛发生了变化，眼中的光芒和先前不一样。布莱达觉得自己身体里有什么东西在瞬间开启了，更确切地说，像是有一面墙倾塌，从此以后，一切都被允许。她想起上次两人见面的时候，她想靠近他，而他很冷漠。现在她终于明白，她到这里来并不是为了感谢他，而是为了报复，让他知道自己通过和其他男人做爱唤醒了力量，那才是她爱的人。

“我为什么想报复他？为什么会生他的气？”但酒精使布莱达不能得出清晰的答案。

巫师看着坐在自己对面的女孩，一个念头在他的脑袋里进进出出：到底要不要施展法术。很多年前的一个夜晚，就像今天一样，他的人生发生了巨大的变化。那是披头士和滚石的年代，但那时候也有寻找未知力量但却不相信它的人。他们运用魔法的同时仍然觉得自身力量比魔法强大，自以为只要开始厌烦了就能脱离传统。他也是其中之一。他通过月亮传统进入神秘世界，学习宗教仪式，打通了可见世界与不可见世界间的联系。

起初他只是照着书自学，没有师从任何人。后来，他认识了他的导师。第一次见面时，导师就发现他更适合学习太阳传统，但他不愿意，他觉得月亮传统更吸引人，因为其中包含了古老仪式和时间智慧。于是导师开始教授他月亮传统，说也许这样最终会指引他走上太阳传统的路。

那时他对自己的能力很有把握，自己掌握着生活节奏，不断进步。在巫师这条路上，他的前景一片光明，他想通过月亮传统来实现自己的人生目标。遵循传统，他首先要成为一名导师。其次，决不能违反每一位月亮传统导师都要遵守的规定：不得干涉他人意愿。可以用魔法来开拓自己的路，但决不能除掉挡在路上的人，也不能强迫他们跟随自己。这是唯一的禁忌，是树上唯一不能吃的一枚禁果。

一切都进行得很顺利，直到他爱上了导师的另一位学生，而她也爱他。两人都知晓传统，都清楚自己并不是对方的灵魂伴侣。然而，他们还是相爱了，让命运来决定何时将他们分开。两人的热情非但没有削减，反而把每一秒都视作最后一秒。他们的爱变得坚不可摧，因为他们知道自己终将死去。

但是有一天，她遇到了另一个男人。一个不懂传统的男人，他肩上没有亮点，眼睛里也没有光芒，根本就不是她的灵魂伴侣。然而，爱是没有理由的，她爱上了他。对她而言，和巫师在一起的日子到头了。

他们争吵打架，他恳求对方，忍受了一个恋爱中的人能承受的所有痛苦羞辱。他从没想过自己会通过爱情学到希望、恐惧与接受。“他左肩上没有亮点，你说过的。”他和她争执，但对方却不以为然，在遇到真正的灵魂伴侣之前，她想多认识些男人，体验这个世界。

巫师为自己的痛苦设定了一条界线。只要达到了界线，他就会忘记那个女人。因为某个他已经忘了的原因，他的痛苦达到了那条界线。然而，他没有忘记对方，而是发现导师以前说过的一句话是对的，情感是野马，需要理智来控制。他的激情比那些年修习的月亮传统强烈，比他必须遵守的所有精神控制方法强烈，比他必须遵守的所有严苛的纪律都要强烈。激情使人盲目，他只有一个想法：不能失去那个女人。

他不能和她发生正面冲突。她也是导师，和他一样。她从自己的每一世化身中知道了自己的职业。或是闻名天下，拥有无限荣耀；或是在熊熊烈火中痛苦而亡。她知道如何保护自己。

然而，在这场愤怒的情感冲突中有个第三方，一个被牵扯进命运神秘之网的男人。那是张谁都逃不出去的网。这个普通的男人，也许像他一样爱着那个女人，希望她能幸福，想把世上的一切美好都给她。一个普通的男人，一个造物主神秘的设计，就这样出现在了两位知晓月亮传统的导师之间。

某天晚上，他没能忍受住痛苦，偷吃了禁果。他运用月亮传统教他的力量和知识，让那个男人远离了自己心爱的女人。

直到现在，他也不知道对方是否发现了自己的所作所为。可能她已经厌倦了新目标，对他的离去并不在意。但他的导师知道一切。月亮传统最不允许的就是使用黑魔法，尤其是用来改变人类最重要也最脆弱的情感：爱。

面对导师，他知道神圣的誓言是不能违背的。那些他以为能控制和运用的力量远比他自身要强大得多。他知道这就是自己所选的路，和其他路不同，是他这一世注定的命运。

既然他犯了错，就要付出代价。代价就是饮下寂寞这杯最苦的毒酒，直到爱允许他再次成为导师，直到曾经被他伤害过的爱决定放他自由，并把他的灵魂伴侣带到他身边。

“你从不打听我的私生活，是不感兴趣，还是你能‘看到’呢？”

过往的一切在巫师脑中转瞬即逝。他需要在这一瞬间作出决定，是遵照太阳传统让一切就这样继续下去，还是告诉布莱达自己能看到她左肩的光点，干涉命运。

布莱达想要成为一名女巫，但她现在还不是。巫师想起了树顶的小屋，在那里他几乎要说出真相。现在，他又想说出来，因为他放松了警戒，忘了“魔鬼就在细节中”。人类能主宰自己的命运。人类可以一再犯同样的错误。人类可以轻易从梦寐以求的一切和慷慨地迎接他们的生活中逃脱。

也可以把自己奉献给神圣的信仰，握紧上帝的手，为自己的梦想奋斗，并坚信总有一天能够实现它们。

“我们走吧。”巫师又说了一遍。布莱达发现他的表情很严肃。

布莱达结了账，毕竟，她是夜之帝王。两人穿上外套出来。外面虽然寒冷但不再刺骨，再过几个星期就到春天了。

他们一起走到车站。有辆公共汽车等在那里，几分钟之后出发。冰冷的空气让布莱达先前的不满转化为困惑，她自己也不知道为什么。她还不想离开，一切都不对劲，她似乎完全没有达到今晚的主要目的，她需要在离开之前把一切纠正过来。她本是来向巫师道谢的，却表现得和之前两次一样。

她没上那辆车，说自己不大舒服。

十五分钟过后，又一辆公共汽车进站了。

“我还不想走。”她说，“不是因为喝多了不舒服，而是因为我还没有向你正式道谢。”

“这是今天最后一辆公共汽车。”巫师说。

“我待会儿坐出租车回去，再贵都无所谓。”

公共汽车离开之后，布莱达有些后悔自己留了下来。她很困惑，不知道到底想干什么。

“我肯定是喝多了。”她心想。随即又说：“我们走走吧。我需要清醒一下。”

他们在空旷的村庄里散步，街灯亮着，窗户黑着。“这不可能啊。我明明看到了劳伦斯的眼中闪烁着光芒，为什么又想待在这个男人身边呢。”她只是个普通的女人，敏感多变，不配去学习魔法知识，感受奇妙经历。她感到很惭愧，只是喝了一点酒，就把劳伦斯——她的灵魂伴侣和自己所学到的月亮传统抛到脑后。她只想知道是不是自己弄错了，劳伦斯眼中的光芒并不是太阳传统所指的那种。但这只是她在自欺欺人，没有人会看错灵魂伴侣眼中的光芒。

如果是在拥挤的剧院里见到劳伦斯，哪怕之前他们从没交谈过，在视线交会的那一刻，布莱达也能确定他就是自己的命定之人。她会想办法去接近他，而对方也会接受，传统是不会错的，灵魂伴侣最终都能相认。在听说什么是灵魂伴侣之前，她已经听说过这种无法解释的现象：一见钟情。

每个人都能认出这种光芒，根本无需魔力。在还不知道有这种光芒存在的时候，布莱达就看见过，比如他们第一次去酒吧时，巫师的眼中就闪烁着光芒。

她停止了思索。

“我醉了。”她又一次这样想，必须马上忘掉刚才所想的一切。她得数数自己身上还有多少钱，够不够打车回去，这才是最重要的。

但她确实看到了巫师眼中闪烁的光芒，那是灵魂伴侣才拥有的。

“你脸色不太好。”巫师说，“喝多了吧。”

“过会儿就好。我们坐坐吧。等酒劲过去我就走。”

他们坐在一张长椅上。布莱达在包里摸索着找硬币。她可以起身打车离开，再也不回来。她已经有导师了，知道该如何继续走自己的路。她也已经找到了灵魂伴侣，即便决定起身离开，她仍可以完成上帝赋予的使命。

尽管只有二十一岁，但她也知道一世的化身可能会遇到两个灵魂伴侣，结局只能是痛苦。

如何才能逃脱这样的命运？

"我不回家了。"她说，"我要留在这里。"

巫师的眼睛亮了起来，先前的期待变成了事实。

两人继续走着。巫师看见布莱达的灵气不断地变换颜色，他希望她能选择正确的路。他了解对方的灵魂此刻正经历的挣扎，但那是转化所必须的。地球、星辰和人类都是这样完成转化的。

他们离开村庄，向着群山走去。布莱达叫他停下来。

“我们从这儿走。”她指着一条通向麦田的小路说道。布莱达也不知道自己为什么这样做，只是突然觉得自己需要自然的力量，需要那些友好的精灵来帮忙，他们从地球诞生之日起就居住在那些美丽的地方。巨大的月亮悬在空中，照亮了小路和周围的野地。

巫师什么也没说，只是跟在布莱达后面。在内心深处，他感谢上帝相信他，没有犯下同样的错误，就在他快坚持不住的时候，他的祈祷应验了。

麦田在月光照耀下变成了一片银色的海洋。他们穿过麦田，布莱达漫无目的地走着，不知道下一步要往哪里迈。她内心深处有个声音在说：继续前进，你和你的很多化身一样，是个强大的女人。不要担心，她们就在这里引导你，用时间的智慧来保护你。

他们在麦田中央停了下来。周围群山环绕，其中一座山上有块大石头，在那儿能看到美丽的日落。有一间猎人的小屋，比其他任何小屋所处的位置都要高。还有一个地方，一个女孩曾在那里独自面对黑暗和恐怖。

“我准备好了。”布莱达想，“我准备好了，因为我是受保护的。”她想象着家里那支点燃的蜡烛，她的月亮传统封印。

“这里挺好。”她说着停下了脚步。

她拾起一根树枝，在地上画了个很大的圈，边画边念着薇卡教她的那些神圣的名字。她没带仪式用的匕首，没带任何一件圣器，但她的前身都在那里，她们为了避免葬身火海才把勺子之类的餐具奉为圣器。

“世上的一切都是神圣的。”她说。那根树枝也是神圣的。

“是的。”巫师回答，“世上的一切都是神圣的。一粒沙也能成为通往不可见世界的桥梁。”

“然而这一刻，能带我走进不可见世界的，是我的灵魂伴侣。”布莱达说。

巫师的双眼湿润了。上帝是公平的。

两人走入圆圈内，布莱达用仪式将圆圈封口。这是自古以来巫师们惯用的保护结界。

“你已慷慨地向我展示了你的世界，”布莱达说，“现在我要履行一个仪式，来证明我属于你的世界。”

布莱达对着月亮伸出双手，呼唤自然的神奇力量。她和薇卡一起到森林里去的时候，经常看对方这样做。现在由她自己来做，她确信不会出任何差错。自然的力量告诉她，其实并不需要学习什么，只要记得自己在很多轮回中多次履行过这个仪式即可。她当女巫时祈祷土地永远肥沃，年年大丰收。在其他轮回中，她曾是一名女祭司，是她将土壤的知识与种子的转化结合在一起，在丈夫耕作时祈祷丰收。

巫师让布莱达履行最初的几个步骤。在特定的时刻，他会采取控制的，但现在必须让时间和空间记录下来是她开启了这个过程。他的导师，此刻正游荡在星界中等待下一次轮回，但他肯定也在附近，就像之前在酒吧和猎人小屋里一样。他肯定很高兴看到巫师从痛苦中学到了些东西。巫师安静地听着布莱达作完祷告。当她停下来时，说道："我也不知道为什么自己要这么做，但我知道已经做完了该做的。"

"我来继续。"他说。

巫师转过身面向北方，开始模仿鸟儿歌唱的声音，那是只有在神话传说中才会出现的声音。其实就差这一步，薇卡是个好导师，她几乎把一切都教给了布莱达，除了这个结局。

当鹈鹕和凤凰的声音响起，整个魔法圈内充满了神秘的光。并没有照亮周围的一切，但毫无疑问是光。巫师看着他的灵魂伴侣，她不朽的身体在发光，光束从额头与肚脐处倾泻而出，她的灵气变为金黄色。巫师知道对方看到的自己也是这样，而且还能看到自己的左肩上有光点，尽管这景象可能在酒精的作用下有点失真。

“我的灵魂伴侣。”她看到了他肩头的光点，柔声说道。

“我现在陪你走月亮传统之路。”巫师说。麦田立刻变成了银色的沙漠。沙漠中有一座庙宇。一群身穿白衣的女人在巨大的庙门前跳舞。布莱达和巫师在高高的沙丘上看着那些女人，她不知道她们能否看到自己。

布莱达感觉到巫师就在身边，她想问他这景象意味着什么，却怎么也发不出声音。巫师看到了她眼中的恐惧，于是两人又回到了麦田的圆圈中。

“刚刚是怎么回事？”布莱达问。

“是我送你的礼物。那是月亮传统十一神庙中的一座。它代表爱和感谢。感谢你的存在，我为了找到你已经等待了那么长时间。”

“带我走吧。”她说，“教我如何在你的世界中行走。”

他们一起凭借两种传统在时间和空间中穿梭。布莱达看到了开满鲜花的草地、只在书中见过的动物，神秘城堡和仿佛飘在云端的城市。当巫师在麦田里为她画下传统的神圣符号时，整片天空都亮了起来。有一刻他们好像到了极地，周围都是冰雪，但那并不是地球。一些手指很长、眼睛也不同于人类的小个子生物在一艘巨大的宇宙飞船上工作。每当布莱达想要和巫师说话的时候，场景就会发生转变。布莱达明白，身边的男人正在努力向她展示多年所学，他肯定已经准备了很久，就为了能把这些作为礼物献给她。巫师可以坦诚地面对布莱达，没有任何恐惧，因为她是他的灵魂伴侣。她可以陪他经过极乐世界。那里居住着文明的灵魂，另一些正努力寻求启迪的灵魂时不时会去那里拜访，补充希望。

布莱达不知道过了多久，才和那闪烁着光芒的男人重新回到了她画下的圈内。她之前已经领略过爱为何物，但直到那天晚上，才发现爱同样意味着恐惧。这份恐惧，即使微如沙粒，也会像一层面纱一样，透过它能看到一切，却都失去了颜色。然而，和灵魂伴侣在一起，布莱达明白了爱是有颜色的，就像千千万万条彩虹相互交织。

“因为害怕失去，我反而失去了很多。”布莱达看着那些彩虹想。

她是躺着的，发光的男人压在她身上，左肩上有一个光点，光束从肚脐和额头倾泻而出。

“我刚才想和你说话，却说不出来。”她说。

“因为你喝多了。”他回答。

酒吧，红酒，不满的感觉，这些对布莱达来说已经是遥远的回忆了。

“谢谢你让我看到那些幻象。”

“不是幻象。”巫师说，“你看到了一颗遥远星球上的生命智慧。”

布莱达不想谈这些，不想听他上课，只想记住自己刚刚的感受。

“我也在发光吗？”

“是的，像我一样。同样的颜色，同样的光，同样的能量束。”

身上的光呈现金黄色。从肚脐和额头放射出的能量束则是灿烂的浅蓝色。

“我觉得我们迷失了，然后又得救了。”布莱达说。

“我累了，我们该回去了，我也喝了不少。”

布莱达并不想回到那有酒吧、麦田和公交车站的世界。她只想永远待在那里。她听到一个遥远的声音，随着那声音念诵祈祷文，周围的光逐渐减弱，直至全部熄灭。月光又重新洒下，照亮麦田。他们赤裸相拥，丝毫不觉寒冷或羞赧。

巫师让布莱达来结束仪式，因为是她开启的。布莱达念着她知道的咒语，他在必要时也念几句。最后的程序完成后，巫师打开了魔法圈。两人穿上衣服，在地上坐着。

沉默片刻后，布莱达说："我们走吧。"巫师站起来，布莱达跟在后面。她不知道该说什么。她觉得很尴尬，他也一样。他们就像世上任何一对爱人一样，在相互表达爱意之后，因为窘迫而不能直视对方的眼睛。

巫师打破了沉默。

"你得回城里去，我知道出租车公司的电话。"

听巫师这样说，布莱达不知道自己是觉得失望还是解脱。愉快的感觉逐渐被头疼和恶心取代。她确定自己那一整晚的表现都很差。

"好吧。"她回答。

两人回到村里，巫师用公用电话叫了辆出租车。他们坐在路边等车来。

"我想为这个夜晚谢谢你。"布莱达说。

巫师没有说话。

“不知道春分日的聚会是不是只有女巫能参加。那一天对我来说很重要。”

“聚会就只是聚会而已。”

“那我想邀请你参加。”

巫师做了个手势，示意对方换个话题。他和布莱达肯定在思考同样的问题：一旦找到了灵魂伴侣，与之分离将是多么困难的一件事？布莱达想象着自己离开之后，巫师独自一人回到那间小屋，心里想着布莱达何时能再去找他。她会去的，那是来自她内心的召唤。独自生活在森林中的那份寂寞远比只身在城市中生活要难熬。

“不知道这份爱是不是来得太突然了。”布莱达说，“但我已经作好准备去接受。”

出租车到了。布莱达又看了一眼巫师，觉得他年轻了很多。

“我也为爱作好了准备。”巫师说。

阳光透过闪闪发光的窗子照进宽敞的厨房。

“睡得好吗，亲爱的？”

布莱达的母亲把茶和面包端到桌子上，然后又接着做培根煎蛋。

“睡得挺好的，谢谢。顺便问一下，我的裙子做好了吗？我后天就要穿着它去参加聚会了。”

母亲端着培根煎蛋坐下来。她觉得女儿有些不对劲，但却无能为力。今天她想和女儿好好谈谈，因为她以前从没这样做过，但她觉得即使谈了也无济于事。外面是个全新的世界，是她不了解的世界。

她为女儿感到害怕，因为她爱女儿，而女儿必须独自在那个新世界中闯荡。

“裙子做好了吗，妈妈？”布莱达又问了一遍。

“午饭前就能做好。”母亲回答。这让她很高兴。世界上至少还有些东西没有变，母亲还在为女儿解决各种问题。

母亲犹豫了一会儿，还是问道：“劳伦斯最近怎么样？”

“挺好的。他明天傍晚来接我。”

母亲感到放心的同时又有些难过。感情上的挫折会伤害灵魂，她很感谢上帝，女儿在这方面没有问题。但从另一个角度来讲，大概只有在爱情方面，她才能给女儿一些建议，毕竟，爱情不大会随时间改变。

布莱达随母亲绕着小村子散步，她的童年是在这里度过的。这里的房子一成不变，人们也都在做着同样的事。布莱达遇到了一些老同学。如今他们或是就职于村里唯一一家银行，或是在文具店上班。他们过来打招呼，然后停下来聊几句，有人问她过得怎么样，还有人夸她变漂亮了。

上午十点左右，两人到一家咖啡馆小坐。在认识布莱达的父亲之前，母亲每周六都会来这里。她渴望着邂逅某人，陷入一段出乎意料的恋情，以此来结束千篇一律的日子。

两人聊着村里各种各样的人的近况，母亲再次看着布莱达，她很高兴女儿仍对这些话题感兴趣。

“我今天必须拿到那条裙子。”布莱达说。她有些焦虑，但不是因为裙子。她知道母亲从来不会让她失望。

母亲决定冒险再问一次，她知道那是儿女们最不喜欢听到的问题，因为他们已经是独立自由的人了，有能力解决自己的事。

“孩子，你是不是有什么心事？”

“你同时爱上过两个男人吗？”布莱达的声音里有一种挑

衅的语调，仿佛这种事只有自己经历过。

母亲咬了一口蛋糕。她的眼中透出一种遥远的意味，似乎在寻找一段遗失的时光。

“爱上过。”

布莱达吃惊地望着母亲。

母亲笑了，她让布莱达继续陪自己走走。

“你父亲是我最初也是最真挚的爱。”走出咖啡馆时，母亲说，“我和他在一起感到很幸福。我在比你还年轻的时候就拥有了自己梦寐以求的一切。那时，我和朋友们都觉得爱是人活着的唯一原因。若是没有爱上谁，就不能说是实现了所有的梦想。”

“直接进入主题吧，妈妈。”布莱达有些不耐烦。

“尽管我还有其他的梦想。比如，像你现在这样离开家到大城市去，去认识这小村子之外的世界。唯一能让我父母同意的办法就是说我要去上学，去学习在这里以及附近学不到的课程。

“我失眠了很多天，想着要怎样提出这个话题，考虑每一句话该怎么说，他们会怎么回答，我又该如何应对。”

母亲以前从未和她谈起过这些。布莱达觉得又高兴又后悔。她们早就该像这样聊一聊，但两人都太过于沉浸在自己的世界和价值观中了。

“在准备向父母摊牌的前两天，我遇到了你父亲。我看着他的双眼，看到了奇异的光芒，好像我已经见到了世界上最想要见到的人。”

“我懂这感觉，妈妈。”

“在认识你父亲之后，我知道自己的寻找结束了。我不再需要什么解释，即便看着同样的人每天做着同样的事，我也不觉得生活在这儿很沮丧。每天都是不同的，这都是因为我们之间有无限的爱。

“我们开始约会，然后结婚。我从没跟他说过自己曾梦想到大城市去开阔眼界，因为认识他之后，村子对我来说就是整个世界，爱成了我生命的意义。”

“不是还有另一个人吗，妈妈？”

“我想给你看样东西。”母亲回答道。

两人来到村里那座教堂的台阶下。在过去的几世纪里，教堂经历了一次次摧毁与重建。小时候，布莱达每周日都会到这儿做弥撒，对一个孩子来说爬这些台阶实在是太痛苦了。扶手的底部有圣徒的雕像，左边是圣保罗像，右边是雅各像。由于自然和人为的原因，雕像已经严重受损。地上铺满了干枯的落叶，仿佛即将到来的是秋天而非春天。

教堂建在山顶，被树木挡住了，从台阶这里看不到。母亲坐在第一级台阶上，让布莱达也坐下来。

“就是在这里。”母亲说，“有一天下午，我想来这儿祈祷，记不得是为什么了。我必须独自一人思考自己的生活，上面的教堂是个很合适的地方。

“当我走到这里时，遇到了一个男人。他就坐在你现在的位置上，身边有两个行李箱。他好像完全迷路了，不停地翻着手里的书。我想他肯定是个游客，想找酒店，于是上前打招呼。我主动和他说话，一开始他好像有点吃惊，但很快就放松下来。

“他说他并没有迷路。他是个考古学家，要开车去北边，那里有一些遗址，但是车抛锚了。修理工马上就到，他打算在等待期间参观一下教堂。他让我给他讲讲这里的风土人情，周围的村庄以及附近的古迹。

“我突然觉得自己的问题都奇迹般地消失了。我感到自己很有用，开始向他讲述我所知道的一切，觉得我在这里生活的那些年终于又有了意义。我面前的男人是个学者，研究风土民情，他可以把我所讲述的一切保存下去，让将来的人们能知道我儿时听到的故事。那个坐在台阶上的男人让我明白我对世界、对这里的历史来说很重要。我觉得自己的存在是必要的，这是人类所能拥有的最好的感觉。

“聊完教堂之后，我们又聊起其他话题。我告诉他我很为自己的故乡感到骄傲。他引用了一位作家的话作为回答，我记不得名字了，好像是说‘了解故乡有助于你了解世界’。”

“是列夫·托尔斯泰。”布莱达说。

母亲并没有听进去，她正在时间中穿行，就像布莱达以前那样，只是没有悬浮在宇宙中的教堂、地下图书馆和落满灰的古籍，只有对那个春日午后的回忆，只有那个带着行李箱坐在石阶上的男人。

“我们聊了好一会儿。我有一整个下午的时间陪他聊，但修理工随时会到，于是我决定利用好每一秒。我问起他的生活，他的挖掘工作，聊到了在当下找寻过去是很困难的挑战。他向我讲述了曾居住在这片土地上的勇士、智者和海盗的故事。

“当我回过神来的时候，发现太阳已经接近地平线了，在我的一生中，时间从没有过得这么快。我知道他也这样觉得。他一直在问问题，想把谈话继续下去，不给我机会说出该回去了。他不停地说，向我讲述了之前的生活，也希望我能告诉他我的一切。他的眼中饱含着对我的渴望，即使我那时的年龄几乎是你现在的两倍。

“春天，空气中充满了新生的味道，我感觉自己又回到了年轻的时候。有一种花只在秋天开放。那天下午，我觉得自己就像这种花一样，在人生进入秋季之后，在本以为已经经历过一切的时候，却出现了那样一个男人，他让我明白情感不会和身体一起老去，爱便是如此。我不了解那个由情感构建的世界，但我知道，那里没有时间、没有空间，也没有界线。”

母亲沉默了片刻，她双眼迷离，仍然沉浸在那个遥远的春日午后。

“我那时三十八岁了，却像个小姑娘，感觉到有人渴望得到我。他不想让我离开。后来他突然不说话了，看着我的眼睛笑起来，就好像知道了我的想法，他想告诉我那是真的，我对他来说确实很重要。有一会儿，我们都不说话了，然后我们互相道别。那时修理工还没有到。

“之后很多天我都在想，是否真有过那样一个男人，又或者他是上帝派来的天使，来教我关于生命的秘密课程。最后，我觉得他就是个普通的男人。他爱上了我，虽然只有一个短暂的下午，在那个下午，他坦诚地向我讲述了他的一切：梦想，挣扎，快乐和磨难。我也同样坦诚，就像是他的伴侣，妻子，听众和情人。在那几个小时里，我体会到了一生中最强烈的爱。”

母亲看着女儿，希望她能理解自己所说的一切。然而在内心深处，她觉得布莱达理解不了，因为如今的世界已经不存在那样的爱情了。

“我从没有停止过爱你的父亲，一天也没有。”她继续说，“他一直在我身边，给我最好的一切，我想和他在一起，直到生命尽头。但人心真是难以捉摸啊。我也不知道那个下午到底发生了什么。唯一能肯定的是，遇到那个男人之后，我变得更自信了。他让我知道了自己还能去爱，还能被爱。他教会了我终生难忘的一课：找到了一件生命中重要的东西时，并不意味着要放弃其他重要的东西。

“我偶尔还会想起他，想知道他那天有没有找到自己想去的地方，现在在哪里，是不是还活着，还是已经到上帝那里去了。我知道他永远不会再回来了，只有这样我才能坚定地竭尽全力地去爱他，因为我永远不会失去他。他已经在那天下午把自己完全交给我了。”

母亲站了起来。

“我该回去继续给你缝裙子了。”

“我再待一会儿。”布莱达回答。

母亲轻轻地探过身去吻了吻她的额头。

“谢谢你听我说这些。这是我第一次跟别人说起这件事。我真怕直到去世也没有机会说出来，这样它就会永远消失了。现在由你来替我保管这个故事。”

布莱达沿着台阶一直走到教堂门口。这座小小的圆形建筑是当地的骄傲，它属于爱尔兰的第一批基督教教堂，每年都有不少学者和游客来参观。除了一些地面的碎片之外，教堂已经完全不是五世纪时的样子了。虽然被毁坏过很多次，但每一次都会保留一部分上次的痕迹，这让参观者能够领略到构成这座教堂的不同时期的建筑风格。

布莱达在外面站了一会儿，听着教堂中传来的管风琴乐声。教堂里的一切都各就其位。世界本来就该那样，任何进入教堂的人都不用担心什么。那里没有高高在上的神秘力量，没有不能理解却必须要去相信的黑夜。已经没有人再提起火刑了，所有宗教共存，就像联盟一样，将人和上帝联系起来。她所在的国家是这种和平共处的例外，北部仍有人以宗教为名进行杀戮，但用不了多久，这一切都会结束的。上帝是仁慈的父，所有人都将得到救赎。

“我是女巫。”布莱达自言自语。她在和自己想进入教堂的冲动作斗争。她需要遵循的传统不同于基督教，尽管上帝只有一个。若她进了那扇门，便是对那个地方的亵渎，反过来说，也是对她自身的亵渎。

布莱达点了一支烟。她看着远方的地平线，努力让自己不去想这些，而是集中精力想着自己的母亲。她很想跑回家，抱着母亲，告诉她再过两天自己就要参加巫师的初始仪式了，她穿越过时间，体验了性的力量，能够不去商店就知道那儿的橱窗里有什么。她需要爱和理解，因为她也有不能让别人知道的故事。

管风琴的演奏停止了，布莱达又听到了村子的声音，鸟儿的歌唱和微风拂过树枝的声响，这预示着春天的到来。在教堂后面，一扇门开了又关上，有人离开。有那么一瞬间，她又看到了儿时的自己，就站在她现在的位置上，因为弥撒用的时间太长而生气，因为周日是她唯一能去地里疯跑的一天。

"我必须进去。"也许母亲能理解她的感受，但母亲现在不在她身边。她面前只有这座空荡荡的教堂。她从没问过薇卡，基督教在已经发生的一切中到底扮演着怎样的角色。她担心若是跨进那扇门，就意味着背叛了那些被绑在火刑柱上烧死的姐妹们。

"我也曾葬身火海。"布莱达自言自语，她想起了薇卡在纪念那些牺牲的女巫时所作的祈祷，她提到了耶稣和圣母马利亚。爱高于一切，爱并不包含着恨，只有偶尔的错误。人们曾一度想成为上帝的代表，然后却犯了错误。但上帝是宽容的。

布莱达最终走进了教堂，那里空无一人。有几支蜡烛燃着，这表示早上有人感受到了一种力量，于是不辞劳苦地想要与之结合，来跨越可见世界与不可见世界之间的桥梁。她为之前的想法感到后悔，原来这里的一切并不是都存在解释，人们仍然需要赌一把，进入信仰的黑夜。她面前的十字架上，耶稣正敞开双臂。

他也不能帮她。她必须自己作决定，没人能帮她。她必须学着去冒险。她没有面前这个被钉在十字架上的男人那样的优势，因为他了解自己的使命，他是上帝之子，不会犯错误。他永远不懂普通人之间的爱，他只爱他的父亲。他只需要展示自己的智慧，为人们指出通往天国的路。

但仅仅只是这样吗？布莱达想起了一节礼拜日的教义问答课，神父比平时更有灵感，他讲述了一个这样的场景：耶稣万分忧虑地向上帝祈祷，请求上帝拿开那杯他必须要喝下的苦酒。

“如果他已经知道自己是上帝之子，又为何要作出这样的请求呢？”神父问，“因为他仅仅是知道，他的心还不确定。如果他完全确定了，使命便失去了意义，因为他将无法成为真正的人。人都是有疑惑的，即便如此，还是坚持走着自己的路。”

布莱达重新看向耶稣像，生平第一次感觉到和他如此接近。也许是因为那个男人独自面对死亡时，胆怯地问道：“父亲，父亲，你为何将我抛弃？”若他这样问了，则证明即使是他，也对自己的路不确定。他也在冒险，在进入黑夜，和其他人一样，直到旅途结束才能得到答案。他也需要为作决定而苦恼，也需要抛下父母和生活的小村庄去寻找摩西律法的神秘和人类的秘密。

若他经历了这一切，他肯定懂得爱，虽然四福音书中从未提及。人与人之间的爱要比对上帝的爱复杂得多。布莱达突然记起，在耶稣复活之后，他最先出现在了一个女人的面前，那个人曾陪着他直到最后。

沉默的圣像仿佛同意她的看法。他尝过酒和面包，参加过聚会，知道如何与人交流，领略过世上所有美丽，不可能没有经历过女人的爱，因此耶稣才会在橄榄山上流血。因为一旦爱上了一个人，就会很难舍下这份爱，为博爱众生而牺牲自己。

他尝尽了世上一切苦难，却仍然坚持走自己的路。他知道黑夜会结束在十字架上，或烈火中。

“主啊，人活在世上都要冒着经历黑夜的危险。我害怕死亡，但更怕虚掷光阴。我害怕爱情，因为包含了太多难以理解之处。爱的光芒明亮耀眼，爱的阴影却令人胆怯。”

布莱达突然意识到自己正在祷告。那个沉默的上帝一直看着她，好像能听懂她在说什么，并且在很认真地思考她的话。

布莱达坐了一会儿，想要等待他的回答，然而没有听到一点声音，也没有看到任何迹象。答案就在她面前，就在那个钉在十字架的男人身上。他完成了自己的使命，并且让世人知道，只要大家都能完成自己的使命，便没有人再需要经受折磨。因为他已经替所有敢于为梦想而战的人受过折磨了。

布莱达发现自己无声地哭了，然而她也不懂这眼泪是为何而流。

天色阴暗，劳伦斯已经在这个城市生活了很多年，能通过云彩推测天气情况。他站起身，到厨房去煮咖啡。

在水开始沸腾的时候，布莱达也走进了厨房。

“你昨天睡得很晚。”他说。

她没有回答。

“就是今天了。”劳伦斯继续说，“我知道这一天对你来说十分重要，我想陪你去。”

“就是个聚会。”布莱达说。

“什么意思？”

“就是个聚会，既然我们已经认识很久了，也一起参加过很多聚会，所以今天你也被邀请了。”

巫师到森林里看他种的菠萝是否被昨夜的雨打坏了。在看到菠萝都很完好之后，巫师笑了，看来自然力量之间有时是能够相互沟通的。

他想起了薇卡。她看不到巫师和布莱达肩上的光点，因为只有灵魂伴侣才能互相看到。但她肯定能感觉到他和布莱达之间的那股力量，它来自包围两人的光束。女巫首先是女人。

月亮传统把那些光束称为“爱的幻象”，它也可能发生在不是灵魂伴侣，而只是相爱的两人之间。虽然如此，巫师猜测薇卡肯定会很生气。那是女性的愤怒，类似白雪公主后母的那种愤怒，不容许其他人比她漂亮。

但薇卡是导师，她会很快意识到自己这种情绪波动是多么荒谬。然而，在那之前，她的灵气肯定早已变了颜色。

他会走过去，吻她的脸颊，说他看到她忌妒了。她会否认，然后他会问她为什么要生气。

她会说自己是女人，没必要解释自己的所有感情。他会再吻吻她的脸颊，因为她说的是实话。他还会告诉她，分别的这些年，自己是多么思念她，如今依旧钦慕她胜过任何人。

当然除了布莱达，因为布莱达是自己的灵魂伴侣。

薇卡，作为一个女巫，应该会很高兴的。

“我老了。”他想，“竟然开始幻想对话内容。”然而这并不是年龄的问题，沉浸在爱中的男人就是会变成这样。

薇卡很高兴，因为在黄昏前雨停了，云也散了。大自然仿佛是会顾及人类活动的。

她已经完成了所有必需的步骤。每个人都各司其职，一切都各就各位。

她走到祭坛边，召唤自己的导师，请他出席晚上的聚会。三名新人将初始成为女巫，她肩上的责任可不轻。

薇卡走进厨房煮了咖啡，又榨了鲜橙汁。她吃了点面包和薄脆饼干。薇卡依然会在意自己的外表，因为她知道自己很漂亮，没有必要为了证明自己的智慧和能力而刻意忽略外表。

她漫不经心地搅拌着咖啡，突然想起了很多年前的一天，是和今天一样的春分日。那时她的导师完成了自己的使命。有一刻，她试图回想那时自己是谁，自己的梦想是什么，对生活的期待是什么。

“我老了。”她大声说，“竟然开始坐在这里回忆过去了。”她喝完咖啡，开始做剩下的准备工作。

她知道自己并没有变老。在她的世界里，时间并不存在。

布莱达被路边停着的汽车数量吓了一跳。早上厚厚的云层已经被晴朗的天空取代了，落日的余晖逐渐散去。尽管空气中还有寒意，但这的确是春天的第一天。

布莱达乞求森林精灵的保护，然后看着劳伦斯。他笨拙地学着她的样子祈祷，但很高兴自己能参加聚会。如果他们要一直在一起，就必须偶尔踏入对方的世界。两人间也存在着沟通可见世界与不可见世界的桥梁。魔法存在于任何事物中。

他们快速穿过森林，很快就到达了那片空地。布莱达已经想象过自己将会看到怎样的场面了，不同年龄、不同职业的男男女女聚在一起聊天，努力让整个场景显得再普通不过，但其实每个人都像她和劳伦斯一样困惑不解。

“这些人都要参加仪式吗？”劳伦斯没想到会有这么多人。

布莱达向他解释，有些人和他一样，是被邀请来的客人。她也不清楚谁是真正要参加仪式的人，一切都要等到特定的时刻揭晓。

两人选了个角落把东西放下，包括劳伦斯拿着的包。里面有布莱达的裙子和三瓶酒。薇卡要求所有人，包括参与者和客人，每人都带一瓶酒。在离开家之前，劳伦斯问布莱达另一个客人是谁。布莱达说是巫师，自己去山里就是为了找他。劳伦斯也就没有在意。

“想象一下。”一个女人在劳伦斯边上说，“想象一下我的朋友们会说什么，要是她们知道我在参加一个真正的女巫安息日聚会……”

女巫安息日聚会，比鲜血、篝火、理性时代、遗忘存在的时间更久。劳伦斯想让自己安心一点，毕竟，在场还有很多人和自己一样。然而，当他看到空地中央的干柴堆时，立刻感到不寒而栗。

薇卡正在和一群人聊天，但她一看到布莱达，便走过来打招呼，并且询问布莱达准备得怎么样。布莱达感谢了薇卡的好意，并将劳伦斯介绍给她。

“我还请了另一个人。”

薇卡很惊讶地看着她，但随即露出了笑容。布莱达确定薇卡知道自己说的是谁。

“我很高兴。”薇卡说，“毕竟，这是你的仪式。我已经很久没见那个老巫师了。或许他现在有了点长进。”

人越来越多，布莱达也不知道哪些是真正的参与者，哪些是客人。半小时后，大概有一百人在空地上安静地交谈。薇卡让大家静一静。

“这是一个仪式。”她说，“但也是一次聚会。我们不能让杯子还空着就开始聚会。”

她打开自己那瓶酒，为身边的一个人斟满酒杯。很快，大家都斟满了酒杯，嗓门也大了起来。布莱达不想喝酒。她在想那片麦田，在那里，那个男人向她展示了月亮传统的神庙。然而，她等的客人还没有到。

与布莱达相反，劳伦斯变得十分放松，他已经开始和身边的其他人交谈了。

“这真的是个聚会！”他笑着对布莱达说。本来他作好了准备来经历一些很不寻常的事，结果就只是个聚会而已，比和那些科学家同事聚会要有意思得多。

不远处站着一位白胡子老者，他认出那是他大学中的一位教授。他有点不知所措，但过了一会儿，对方也认出了他，并举杯向他示意。

劳伦斯松了一口气。女巫不再遭到猎杀了，她们的支持者也不会。

“好像在野餐啊。”布莱达听到有人在说。是的，大家就像是在野餐，这让她感到愤怒，她本来期待会有更特殊的仪式，会更像激发了戈雅、圣－桑、毕加索灵感的女巫安息日聚会。她拿起身边的酒瓶，开始喝酒。

聚会。通过聚会来使可见世界与不可见世界交汇。布莱达倒想看看在这样世俗的气氛中如何能发生神圣的事。

夜晚很快降临了，人们不停地喝酒。在黑暗完全笼罩大地时，一些男人点起了篝火。这与仪式无关，只是为了照明。

毕竟,火在成为巫术中一个强大的要素之前,本就是光源而已。女人围在篝火附近聊天,谈论着男人,魔幻体验,遭遇的梦魇、妖魔和中世纪的魔鬼。以前也是这样的，聚会，就是一个大众的节日，用来庆祝春天的喜悦与希望，那时候“喜悦”是对法律的挑战，因为那个世界是用来试炼弱者的，没人能够尽情欢乐。住在黑暗城堡中的土地领主,注视着森林中的篝火，觉得自己仿佛被掠夺了。因为那代表着农夫渴望欢乐，而品尝过欢乐的人无法再对悲伤安之若素。农夫们可能会想快活一整年，但若真是那样的话，政治和宗教体系都会受到威胁。

有四五个人已经有点醉了，绕着篝火跳起了舞，大概是想模仿女巫安息日聚会。在跳舞的几个人里，布莱达认出了一位初始者，在薇卡祭奠那些已经牺牲的姐妹时，对方也在。她有些惊讶，本以为掌握月亮传统的人会在神圣的地方有更合适的举动。

“我的朋友肯定都羡慕死了。”有人说，“他们绝不会相信我参加了这样的活动。”

布莱达忍受不了了，她必须走开，好好想想发生了什么。她真想马上回家去，在对这一年来所相信的一切感到失望之前赶快逃开。她在人群中找寻薇卡的身影，发现对方正很开心地和一些客人聊天。篝火边跳舞的人越来越多了，有人拍手唱歌，还有人用树枝或钥匙敲着酒瓶打拍子伴奏。

“我要去走走。”布莱达对劳伦斯说。

一堆人正围着劳伦斯，听他讲述古老星体的历史和现代物理的奇迹。但在听到布莱达的话之后，他马上停止了和其他人的谈话，问道：“要我陪你吗？”

“我想一个人去。”

布莱达离开人群，走进森林。身后的声音也越来越响。喝醉的人，那些谈话，在篝火边上模仿女巫和巫师的样子，这些都交缠在布莱达的脑海中。她等了那么久，竟然等来了一个普通的聚会，就和慈善机构的聚会一样，人们吃饭、喝酒、讲笑话，然后发表关于帮助南半球的印第安人或拯救北极海豹的慈善演讲。

她开始穿过森林，让篝火一直在自己的视线范围内。她沿着一条小路走到中央的大石头处，从上往下看着空地。然而，从高处看到的景象更令人失望：薇卡游走在人群之中，询问大家是否尽兴。很多人在篝火边上跳舞，有些情侣喝醉了在接吻。劳伦斯和两个男人聊得火热，可能说的都是些在酒吧里经常说到的话题，但在一个巫术仪式上不应该有那些对话。一个姗姗来迟的客人被喧哗声吸引了，走进了森林。

那人走路的姿势布莱达很熟悉。

是巫师。

布莱达吓了一跳，马上往下跑，想在巫师加入聚会前拦住他。她需要巫师的帮助，就像之前那样。她要知道正在发生的一切究竟有何意义。

巫师逐渐向人群走近，他感觉到薇卡很会组织女巫安息日聚会。他能看到和感受到能量在人群中自由流动。在仪式的这一阶段，安息日聚会和一般的聚会没什么两样，只要确保所有客人气味相投即可。他第一次参加安息日聚会的时候，对这种太过平常的场景感到很惊讶，还把自己的导师叫到一边，询问到底是怎么回事。

“你参加过聚会吗？”导师问道，语气有点不耐烦，他正和别人聊到兴头上。

当然参加过，巫师回答道。

“什么样的聚会才算是成功的？”

“所有人都感到快乐。”

“人类还住在洞穴中时就有聚会了。”导师说道，“那是有记载的最早的集体仪式，太阳传统将其延续至今。成功的聚会能净化所有人的思想，但让大家都快乐却不容易做到，一两个人就能毁掉大家的心情。这种人自认为比其他人都重要，难以取悦，他们觉得这是在浪费时间，因为他们无法与别人交流。他们最终会在那些善于和他人建立联系的人散发的点点星光前黯然失色。

“你要记住，祈祷是通向上帝的第一条路，而快乐则是第二条。”

和导师的对话已经过去很多年了。之后他参加了很多次安息日聚会，知道那是个巧妙安排的典范。集体的能量每一秒都在增加。

巫师在人群中找寻布莱达的身影，他不习惯看到这么多人。他知道他必须加入能量的集合中，他也准备好了，只是还需要时间适应一下。布莱达能帮助他。找到布莱达之后，他就会觉得舒适自在了。

他是个巫师。他知道如何看到肩上的光点。他只须集中注意力就能在人群中看到那一点光芒。他已经寻找了好多年，现在光点就在离他几十米远的地方。

巫师集中注意力看着所有人，他的感知能力提升了，能看到人们的灵气呈现各种颜色，所有颜色都是在向那晚的主色调靠拢。

“薇卡真是位大师。”他又一次这么想，“进行得这么快。”很快，所有人的气场以及能量的振动频率都会合一，那时仪式就可以进入下半部分了。

他的双眼左右张望，最终在黑暗中确定了一个亮点。他悄悄地走过去，想给她一个惊喜。

“布莱达。”

他的灵魂伴侣转过身。

“她去散步了。”一个年轻的男人礼貌地回答。

时间似乎停止了，他看着面前的男人。

“你就是巫师吧，布莱达总提起你。”劳伦斯说，“和我们一起坐吧，她一会儿就回来。”

布莱达已经回来了。她正站在两个男人的对面，呼吸困难，双眼圆睁。

巫师感觉到了从篝火另一边传来的眼神，古老而深邃，虽然不能看到光点，却是通晓月亮传统并且能洞察人心的眼神。

巫师转过头面对薇卡。对方在篝火的另一边冲他微笑。她在一瞬间就明白了一切。

布莱达也看着巫师，双眼因喜悦而发光。他来了。

“我想介绍你认识劳伦斯。”她说。聚会变得越来越有意思了，她不需要任何解释了。

巫师仍然处在意识高度集中的状态，他发现布莱达的气场迅速改变，向那晚薇卡选择的颜色靠近。女孩很高兴，因为他到了。他说的任何话，做的任何事都可能毁了她那晚的初始，巫师必须不惜一切代价控制自己的情绪。

“很高兴认识你。”他对劳伦斯说，“能给我倒杯酒吗？”

劳伦斯笑着递过一杯酒。

“欢迎加入我们，你会喜欢这次聚会的。”

在篝火的另一边，薇卡移开了视线，松了口气。布莱达并没有注意到。她是个好学生，薇卡不希望她因为不懂得和其他人一样单纯地享受快乐而无法完成今晚的初始仪式，不过现在不用担心了。

“他能照顾好自己。”巫师知识渊博，经验丰富，他知道如何控制自己的感觉。薇卡很尊敬他的辛勤和顽强，同时也有点畏惧他巨大的力量。

她继续和其他客人聊天，但仍惊讶于自己刚刚的发现。原来这就是巫师会去关注布莱达的原因，怎么说她也只是个走上月亮传统之路的普通女巫，和她的其他化身没什么区别。

但她是巫师的灵魂伴侣。

“我的直觉显然失误了。”薇卡作了各种假设，就是没有想到这种最明显的可能。她安慰自己至少她之前对布莱达好奇是正确的，是上帝安排她重新认识了自己的学生。

巫师看到远处有个熟人，于是和边上的人打了声招呼，起身朝那个人走去。布莱达很开心，她喜欢巫师陪在自己身边，但觉得最好还是让他离开一会儿。直觉告诉她，最好不要让巫师和劳伦斯在一起待太长时间，那样他们会成为朋友的。爱上同一个女人的两个男人，宁可成为敌人，也不要成为朋友。因为那样会使她同时失去这两个人。

她看着篝火边的人群，突然也想去跳舞了。她邀请劳伦斯和自己一起跳，他有些犹豫，但最终还是鼓起勇气答应了。人们仍然喝着酒，拍着手旋转起舞并且敲击酒瓶来伴奏。每当布莱达跳舞经过巫师身边的时候，对方就会举起酒杯示意。这真是她一生中最美好的一晚。

薇卡也加入了跳舞的人群，所有人都很愉快、放松。那些之前担心不知道会经历什么的客人也都完全融入了这个夜晚。春天到了，应该庆祝一下，在未来阳光闪耀的白天用信仰填满灵魂，忘记阴郁的傍晚与在家度过的孤寂的黑夜。

拍手的声音越来越大，现在由薇卡控制着节奏。那节奏整齐、急切，所有人的眼睛都盯着熊熊燃烧的篝火。没有人感到寒冷，仿佛夏天到了。篝火边的人们开始脱掉外衣。

“来唱歌吧！”薇卡说。她把一首只有两小节的简单歌曲重复了几遍，很快大家就都随着她哼唱。很少有人知道那是女巫的咒语，重要的是词句的发音，而不是意思。那歌声将大家的天赋集合起来。巫师、薇卡以及其他导师，能看到光束正将人群连接起来。

劳伦斯跳累了，到一边去帮助“乐师”们敲瓶子。还有其他人也停了下来，有些是因为累了，另一些是薇卡请他们帮忙保持节奏。只有初始者们知道发生了什么，聚会进入到了神圣阶段。很快，篝火边就只剩下已经掌握月亮传统的女人们和即将初始的女巫了。

即便是薇卡的男学生也不再跳舞，在另一天会有一个专门为他们举办的初始聚会。现在篝火上方汇聚着阴性力量，那是转化的力量。自古以来就是如此。

布莱达开始觉得特别热。应该不是酒精的缘故，她喝得很少。可能是因为篝火。她很想脱掉上衣，但又觉得羞耻。然而，随着她拍手哼唱那简单的歌曲并围着篝火转圈跳舞，羞耻的感觉渐渐消失了。

她盯着火焰，觉得全世界都不重要了。这感觉和她第一次看到塔罗牌幻境时很像。

“我进入迷狂了，”她心想，“那接下来呢？这聚会真有意思！”

“多奇怪的音乐啊。”劳伦斯和着拍子敲瓶子时想到。他注意到拍手的节奏和歌声正在自己的胸中震动，就像是在古典音乐会上听到的低音鼓。奇怪的是，那节奏好像决定了他的心跳频率。

当薇卡加快节奏的时候，他的心跳也加速了。大家肯定都是同样的感觉。

“可能是我的血液冲上大脑了。”他试图用科学来解释，但这是个女巫的聚会，不是该想科学的时候，他可以事后把自己的感受告诉布莱达。

“这是聚会，我是来玩的！”他大声地说，周围的人也大喊：“听！听！”薇卡拍手的节奏又加快了一点。

“我是自由的，我为自己的身体感到骄傲，因为它是上帝的展示。”篝火的温度高得难以忍受，一切都变得很遥远，她不想再在意自己的外表。她活着，血液在血管中流动，她要完全地交出身体与灵魂，去走自己的路。这并不是她第一次围着篝火跳舞，那音乐、掌声和节奏唤醒了她沉睡的记忆，那时她是时间智慧的导师。她并不孤单，因为这个聚会是她和自己的重逢，是和自己在几个轮回中所秉承的传统的重逢。她对自己产生了深厚的敬意。

她又一次拥有了身体，美丽的身体，为了存活在充满敌意的世界上挣扎了数百万年。从海洋到陆地，从用四肢行走到如今靠双脚踩在地上，那斗争了许久的身体值得受到尊敬。无所谓美丽或丑陋，所有身体都经历了同样的历程，都是灵魂的外在展现。

布莱达深深地为自己的身体感到骄傲。

她脱下了上衣。

布莱达裸着上身，她并不在意。她为自己的身体感到骄傲，没人能因此非难她。即使是到了七十岁，她也会为自己的身体感到骄傲，因为那是灵魂的展示。

其他围在篝火边的女人也脱掉了衣服，没人在意。

布莱达解开裤子上的皮带，全裸着站在那儿。她生平第一次感到如此自由。她这样做无需任何理由，只是因为全裸才能展现出她的灵魂在那一刻是如何自由。不用在乎周围有人穿着衣服在看，她只希望那些人也能感受到他们身体的自由。她可以随意跳舞，没什么能束缚她。她身体的每个细胞都接触着空气，而空气则慷慨地为她带来遥远的秘密和芬芳，将她从头到脚包围。

其他人敲打着酒瓶，注意到了篝火边的女人都在赤裸着身子跳舞，她们拍着手或手拉手唱歌，歌声有时轻柔，有时激昂。没人知道谁控制着节奏，是酒瓶打出的拍子，掌声，还是口中的音乐。大家都意识到正在发生什么，却没有人敢破坏节奏。对于导师来说，此刻最大的问题就是要确保大家都意识不到自己进入了迷狂状态。他们需要觉得自己被控制了，虽然他们没有。薇卡不会违反月亮传统的唯一法则，不会去操纵他人的自由意志。因为一旦违反，她将受到严厉的惩罚。

所有人都知道他们在参加女巫的安息日聚会。对于女巫来说，生活就是要和宇宙交流。

当这个夜晚成为回忆之后，没有人会再提起它。并不是有规定禁止，而是因为他们见识到了人类所拥有的最强大、神秘且神圣的力量，那力量如此强烈、难以缓和，是任何人都不敢对抗的。

“转圈。”唯一穿着衣服的女人喊道。她的一袭黑袍直到脚踝。所有赤裸着跳舞的女人们都开始转圈拍手。

一个男人把一堆连衣裙放到薇卡边上。其中有三件是全新的，有两件式样很相似，那是因为梦到这两件裙子的人有着相同的天赋，裙子的材料、样式是每个女人做梦都想拥有的。

薇卡不需要再拍手了，篝火边的女人们还在按节拍舞动着，就像是她仍然控制着节奏一样。

她慢慢跪下，将两个拇指按在额头上，开始运用法力。

月亮传统的能量，时间的智慧，就在那里。这是一种极其危险的能量，女巫在成为导师后也只能召唤它们一次。薇卡知道如何应用，但仍需先寻求她的导师进行保护。

那力量中包含着时间的智慧。那里有蛇，充满智慧又骄慢专横。只有圣母马利亚能把它的脑袋踩在脚下，征服它。于是薇卡又向圣母马利亚祈祷，向她祈求纯净的灵魂，坚定的双手以及有力的保护。这样她才能把能量接引下来，传导到她面前的女人身上，而不会让能量诱惑或吞没她们。

薇卡仰头看向天空，用坚定自信的声音背诵着使徒保罗的话：

若有人毁坏神的殿，
神必要毁坏那人，
因为神的殿是圣的，

这殿就是你们。

人不可自欺。

你们中间若有人在这世界自以为有智慧，

倒不如变作愚拙。

好成为有智慧的。

因这世界的智慧，

在神看是愚拙。

如经上记着说："主叫有智慧的，

中了自己的诡计。"

又说："主知道智慧人的意念是虚妄的。"

所以无论谁，

都不可拿人夸口，

因为万有全是你们的。

(《哥林多前书》3：17—21)

薇卡做了几个小动作，放缓了击掌的节奏。酒瓶的敲击声也慢了下来，跳舞的女人们越转越慢。薇卡控制着力量，整支管弦乐队必须从最响的小号到最轻的小提琴都运转自如才能奏出动听的音乐。为了达到目的，她必须借助这一力量，但又不能让它失控。

薇卡继续拍着手，喉咙发出一些必要的声音。渐渐地，每个人都停止了演奏和跳舞。女巫们也向薇卡走去，都穿上了长裙，只有三个女巫始终保持赤裸的状态。从薇卡开始拍手到结束，一共持续了一小时零二十八分钟。除了那三位仍然赤裸的女巫，在场的其他人虽然都处于一种变异的意识状态中，却都明白他们是在哪里，在做什么。

那三个全裸的女巫还完全处于迷醉状态。薇卡拿出仪式专用的匕首，把集中起来的能量指向那三人。

她们即将展露自己的天赋。这是她们服务于世界的一种方法，在走过了曲折漫长的小路之后，她们终于抵达了终点。她们经历了各种形式的考验，如今，成功是理所应当的。在今后的人生中，她们仍然有以前的缺点和怨恨，实践着小小的善行或恶行，会感受喜悦，也会品尝痛苦，这是因为世界在变化的常态中，而每个人都是世界的一部分。但此刻，她们将会发现，每个人都有一件比自身还重要的东西，那就是天赋。上帝给予每一个人天赋，这是上帝向世界展示自己和帮助人类的方法。

上帝选择了人类作为他在地球上的辅助者。

某些人通过太阳传统来唤醒自己的天赋，另一些人则通过月亮传统。所有人最终都能做到，哪怕要经历几世的尝试。

薇卡站在巨石前，那是凯尔特祭司们放在那里的。穿上黑色长裙的女巫们在她身后围成一个半圆形。

薇卡看向那三个赤裸的女人，她们的眼睛都闪烁着光芒。

“到这边来。”

三个人走到了半圆的中心。薇卡让她们脸朝下躺在地上，两臂平伸，就像是十字架一样。

巫师看着布莱达躺了下去。他尝试着把注意力集中在对方的灵气上，但他毕竟是个男人，一个男人总是会看着一个女人的身体。

他不想知道她现在会不会感到痛苦。他唯一确定的是，作为灵魂伴侣，他们已经完成了两人应完成的使命。

“和布莱达在一起的时间太短太可惜了。”但他也知道不能这样想。在某一世，他们曾隶属于同一个身体，感受了同样的欢乐与痛苦。也许他们也走过与这里相似的森林，仰望过同样的星空。他微笑着想起了自己的导师，原来导师让他在森林里独自度过那么多年，只是为了让他理解与灵魂伴侣相遇的意义。

这便是太阳传统，每个人都要学习必须学习的事，而不只是愿意学习的事。作为一个男人，他将会伤心很久。但是作为巫师，他十分感谢这片森林。

薇卡看着躺在自己脚下的三人，感谢上帝能让自己在不同的轮回中一直做同样的工作。月亮传统是无穷无尽的。森林中的这块空地很早以前就被凯尔特祭司们注圣。这里几乎没有留下仪式的用具，除了她刚才站在上面的巨石。那是不可能用人力搬运的一块巨石，然而先人们已经知道如何用魔法来移动它们。先人们建造了金字塔、天体观测台，还有南美深山里的城市，这都是用月亮传统的力量来完成的。这样的力量已不再被人需要，消失在了时间的长河中，因此不会造成毁灭性的后果。尽管如此，纯粹出于好奇，薇卡还是想知道先人们到底是如何做到的。

一些凯尔特精灵也在场，薇卡向他们致意。这些精灵是不再进行转世轮回的导师，他们秘密地管理着地球。要是没有他们，没有他们智慧的力量，这颗星球早就失控了。这些凯尔特导师在空地左侧的树木上空游荡，他们周身散发着强烈的白光。数个世纪以来，每到两分日，他们便会到这块空地来看看传统是否延续了下去。“是的，还在继续。”薇卡自豪地说。女巫们仍然会在两分日举行仪式，尽管凯尔特文化已从官方的世界历史中消失。因为没人能消除月亮传统，除了上帝。

薇卡观察了一会儿，不知道他们对今天出席的这些人有什么看法。他们是不是在怀念过去来到这里，和上帝更简单、直接地沟通的日子。直觉告诉她不是这样的。上帝的花园是由人类的情感构成的，为了做到这一点，人们需要经历多次轮回，去体验不一样的生活。就像世界上其他生物一样，人也有自己的进化之路。每一天都比前一天更好，虽然，人会忘记前一天的经验教训，虽然，人会抱怨生活是不公平的。

神的国，如同人把种撒在地上。黑夜睡觉，白日起来，这种就发芽渐长，那人却不晓得如何这样。这些知识被世界灵魂牢记着，造福人类。重要的是仍有人能够不畏惧灵魂的黑夜，就像那天在场的人们那样，就像圣十字若望描述的那样。靠着信仰迈出的每一步都能救赎人类。只要有人知道，这世界的智慧，在神看是愚拙，那世界就能沿着光明的道路延续下去。

薇卡为自己的学生感到骄傲，不论男女，他们证明了自己敢于牺牲已有的安稳生活去冒险认识一个新的世界。

她看着张开双臂、赤身躺在地上的三人，设法让灵气包围她们。她们正在时间中穿行，与过往很多遗失的灵魂伴侣相见。从这一夜起，这三个女人将致力完成从她们出生就降临的使命。其中一人已经六十岁了，但年龄一点都不重要。重要的是她们最终直面了自己的命运。从今以后，她们会竭尽全力守护上帝的花园。每个来到这里的人都有不同的原因——感情上的失落，对日常生活的厌倦，或是对力量的渴望。她们战胜了恐惧、懒惰和其他很多在魔法之路上会遇到的困难。最终他们到达了目的地，因为上帝会引导那些坚持自己信仰的人。

“月亮传统的仪式很吸引人，但还存在着另一个传统。”巫师想。他双眼盯着布莱达，有点忌妒薇卡能长时间站在离布莱达那么近的地方。那个传统更难追随，因为它简单，简单的事物往往更加复杂。太阳传统的导师们不是总能明白他们所讲授的知识有多重要，很多时候他们是出于一种近乎荒谬的冲动才成为导师的。他们原本是木匠、诗人、数学家，他们遍布世界，来自各行各业。突然，他们觉得必须和人谈谈自己的情感，那是他们自身理解不了的情感，但又做不到默默地保守在自己心里。这就是太阳传统延续智慧的方法，通过创造的冲动。

世界上任何有人的地方都有太阳传统的痕迹。有时是一个雕像，有时是一张桌子，又或是某个部落代代相传的几句诗。运用太阳传统的人和其他人没什么两样，只是在某个清晨或午后，他们看着世界，明白了某种伟大力量的存在。他们不经意地潜入了一片未知的海洋，大多数人仅经历过一次。每个人在一次轮回中至少有一次，能掌握世界的秘密。他们发现自己突然进入了黑夜，但却不能相信自己的力量，只想离开，回到正常的生活。而一直用爱与和平滋养世界的神圣心灵，会发现自己再一次被荆棘环绕了。

薇卡很高兴自己是位月亮传统的导师。所有来找她的人都是真心想要学习的，而那些学习太阳传统的人却总是和生活教他们的知识对抗。

“但这些并不重要。”薇卡想。因为神迹时代再次归来，没有人能再对世界的变化漠不关心了。用不了多久，太阳传统的光芒会照耀着所有人。那些不准备走上自己命定之路的人，会对自己感到不满，被迫作出选择。要么接受一直生活在痛苦、失望中，要么试着去理解人生在世是为了获得幸福。

一旦作出了选择，他们就只能去改变，去奋斗。圣战，就要开始了。

薇卡用匕首在空气中画了个圆圈，又在圈内画了个五角星，女巫们称其为五芒星。五芒星是能作用于人类的自然力量的象征。通过五芒星，躺在地上的三人将扫触到世界之光。

“闭上眼睛。”薇卡说。三人将眼睛闭上。薇卡在三人头顶上空挥动匕首，执行仪式。

“现在，睁开你们灵魂的双眼。”

布莱达睁开灵魂之眼，她正在一片沙漠之中，这儿看起来很熟悉。

她想起之前曾和巫师到过这里。

她环视四周没见到巫师，但她不觉得害怕。她感到很平和，很快乐，因为她知道自己是谁，住在哪儿，她知道在时间的某处正有一场聚会。但这些都无所谓，因为她眼前的景色太美了：沙丘，远方的群山以及巨大的石头。

“欢迎你的到来。”一个声音响起。

她身边出现了一位长者，衣着打扮就像他祖父一样。

“我是薇卡的导师。等你以后成为导师，你的学生会在这里见到薇卡。如此代代相传直到世界灵魂最终显示自己。”

“我在参加女巫的仪式。”布莱达说，“安息日聚会。”

长者笑了。

“你已经找到了自己的路，很少有人能有这份勇气。很多人宁愿选择并不属于他们的路。每个人都有天赋，但他们选择视而不见。你接受了自己的天赋。只有认识了天赋才能真正认识世界。”

“为什么我需要走这样的路？”

“为了建立上帝的花园。”

“我的人生还没有结束。”布莱达说，“我想像其他人那样度过余生,我希望能犯错误,能自私,能有所不足,你明白吗？”

导师笑了。他右手中突然出现了一件蓝色斗篷。

“要接近一群人，必须先成为他们中的一员。除此之外，别无他法。”

布莱达身处的场景发生了变化，她已经不在沙漠里了，而是在某种液体中，周围有很多陌生的生物在游动。

“生命就是出错。”导师说，“几百万年来，细胞按照完全一样的步骤复制自身，直到一个细胞出错，因此这一无限循环的繁殖过程出现了变化。”

布莱达惊讶地看着大海，她没有问为什么他们能呼吸。她只能听到导师的声音，唯一能记起的是那次始于麦田，和这次很相似的旅行。

“是错误让这个世界不断运行。”导师说，“不要害怕犯错误。”

“但是亚当和夏娃因为犯了错误而被逐出天堂。”

“总有一天，等他们明白了天堂和整个世界的奇迹，他们就会回去的。上帝让他们去留意智慧树，是有意图的。若上帝真的不想让亚当和夏娃吃树上的果实,他根本就不会提起。”

"那上帝为什么要说不允许呢？"

"为了让世界正常运行。"

场景又回到沙漠和巨石中。时间是清晨，地平线泛着玫瑰色的光。导师拿着斗篷向布莱达走来。

"现在我为你注圣。你的天赋是上帝的工具。愿你能够很好地为上帝效力。"

薇卡双手举起属于布莱达的长裙。她向在星体形式中游荡在树木上方看着一切的凯尔特祭司们做了个象征性的致意，然后转向布莱达。

“站起来。”她说。

布莱达起身，火焰的影子在她身上摇曳。她曾消失在同样的火焰中，但那样的时代已经结束了。

“抬起双臂。”

女孩照做，薇卡替她穿上长裙。

“我刚刚一直赤裸着身体。”长者给她穿上斗篷时，布莱达说，“但我一点也不觉得羞耻。”

“若不是因为羞耻心，上帝也不会发现亚当和夏娃偷吃了禁果。”

长者静静地看着日出，好像看得出神了，其实并没有。布莱达知道这一点。

“不要再觉得羞耻。”他继续说道，“接受生活给予你的一切，试着喝下每个杯子里的酒。所有酒都要尝尝，有些酒只能抿一口，有些则可喝下一整瓶。”

“我怎么来辨别呢？”

“从味道来判断。只有尝过苦酒之后才能知道什么叫美酒。”

薇卡将布莱达的身体转过去，面对篝火，然后朝下一个初始者走去。火焰控制着布莱达天赋的能量，让其能够更好地得到展现。那一刻布莱达正在看日出，那一轮太阳将照亮她之后的人生。

“现在你该离开了。”太阳从地平线上升起时，薇卡的导师说道。

“我不惧怕自己的天赋。”布莱达说，“我知道该去哪里，该做什么，我知道有人会帮助我来到这里。

“我以前到过这里，有人在跳舞，还有一座月亮传统的神庙。”

导师没说什么，他转过来面对她，用右手做了个手势。

“你已被接受了。在和平之时，你的路即是和平。在战争之时，你的路即是战争。你绝不会将二者混淆。”

导师的身影随着沙漠和巨石一起慢慢消失。只剩下太阳，但太阳渐渐融入整片天空。天很快暗了下来，而太阳则好似篝火的火焰。

布莱达回过神来。现在她记起了一切：敲击声，拍手声，舞蹈，迷醉。她想起自己在所有人面前脱掉了衣服，这让她觉得有点尴尬。她还记得见过薇卡的导师。她试着控制一下自己的羞耻感、恐惧感以及不安，这些感觉会永远陪伴着她，所以要习惯它们。

薇卡让三位初始者站在女巫们围成的半圆的中间。女巫们手拉手，形成了一个圆圈。

她们又唱起了歌，这次没有其他人跟着唱。那声音从几乎闭着的双唇中发出，制造出一种奇怪的振动，越来越细，最后就像是鸟儿疯狂的叫声。将来她会知道如何哼出这种音乐，她会学到很多东西，最终成为一名导师。那时她就能为别人进行月亮传统的初始了。

那样的一天终会到来。如今她已经找到了自己的命运，而且有人在身边帮助她，她将能够成为永恒。

布莱达发现她周围所有人都有很奇怪的颜色。她感到有些困惑，她喜欢世界之前的样子。

女巫们停止了歌唱。

“初始完成了。”薇卡说，“从现在开始，世界对于你们来说就是一片田地，你们要小心呵护，保证丰厚的收成。”

“我现在感觉很奇怪。”一位初始者说，“一切都很模糊。”

“你们现在能看到周围所有人的能量场，也就是我们所说的灵气。这是进入终极奥义的第一步。这种感觉会慢慢消失，之后我会再教你们如何将它唤醒。”

薇卡将仪式匕首飞快地扔到地上。匕首的前端扎进了土里，把柄还因为冲击而颤动着。

“仪式结束。”

布莱达走到劳伦斯身边。他眼中闪耀着光芒，那是爱与骄傲的光芒。他们可以共同成长，一起创造新的生活方式，一起探寻世界的奥秘，这个世界一直在那里，等待着像他们这样有勇气的人。

然而还有另一个男人。在与薇卡的导师谈话时，布莱达作出了抉择，因为这另一个男人会在她有困难的时候牵起她的手，用经验和爱帮她度过信仰的黑夜。她将会爱他，同时也很尊敬他。两人走着同样的通往知识的道路，是他让自己能够走到今天。和他在一起的话，总有一天她会转而学习太阳传统。

现在她知道自己是一个女巫了。她已经学会流传了很多个世纪的巫术技艺，找到了自己的使命。从这个夜晚开始，智慧和知识将是她生命中最重要的事。

“我们可以走了。”布莱达对劳伦斯说。对方看着她身上的黑色长裙，眼神中充满了赞叹。然而布莱达知道，巫师能看出这裙子不是黑色，而是蓝色的。

布莱达将其他衣服装进袋子交给劳伦斯。

“你先走吧，看看能不能搭别人的车，我还要找人谈谈。”

劳伦斯接过袋子离开了，但是没有走远。仪式结束了，他们又回到了普通人的世界。那里有爱有忌妒，有欲望有征服。

他的恐惧也回来了，布莱达的表现有点奇怪。

“我不知道上帝是否存在。”他对周围的树木说道，“直到现在我也没法想清楚，因为，我亲眼见到了奇迹。”

他觉得自己说话的方式变了，有一种他从不知道自己拥有的奇特的自信。但是，那一刻，他相信那些树木都在听他讲话。

“也许参加聚会的巫师不能理解我，也许他们会轻视我的努力，但我知道自己和他们一样勇敢，因为我在找寻上帝，即使我不相信他的存在。

“若他真的存在，他应该是勇者的上帝。”

劳伦斯发现自己的双手在微微地颤抖。那一夜过去了，他不清楚发生了什么，只知道自己进入了迷狂状态，但仅此而已。然而他双手颤抖并不是因为自己进入了黑夜，就像布莱达常说的那样。

他抬头望着天空，天空仍旧被低低的云层遮盖着。上帝是勇者的上帝，所以上帝会理解他的。勇者是这样的人，尽管恐惧仍要作出决定，每迈出一步都要被魔鬼折磨，因自己所做的一切感到痛苦，因为会反复逼问自己是否做对了。

即便是这样，他们仍在行动，因为他们相信奇迹，比如那一夜围着篝火跳舞的女巫们。

上帝或许会设法通过布莱达回到他身边，而此刻，她正向着巫师走去。若是她离开了，上帝也将永远离开。她是他最终的机会，因为爱是通向上帝的最佳途径。他不想失去让她回来的机会。

劳伦斯做了个深呼吸，感觉森林里凉爽清新的空气充满了肺叶。他向自己许下了神圣的诺言。

上帝是勇者的上帝，我要成为勇者。

布莱达朝巫师走去。两人在篝火边碰面了，都很难开口。

布莱达先打破了沉默。

“我们有着同样的路。”

巫师点点头。

“那我们就一起走吧。”

“可你并不爱我。”巫师说。

“我爱你。我还没意识到自己对你的爱，但我的确爱你。你是我的灵魂伴侣。”

巫师的眼神很悠远，他在想太阳传统，其中最重要的一课就是爱。爱是唯一被所有人知晓的可见世界与不可见世界间的桥梁。爱是唯一能够用来解释宇宙奥妙的语言。

“我哪儿都不去。”女孩说，“我要和你在一起。”

“你男朋友在等你呢。”巫师回答，“我会祝福你们的爱。”

布莱达不解地看着巫师。

“没人能占有我们曾一起看过的美丽的日落。”他继续说，薇卡注意到有人落下了些东西，必须打电话通知他们来拿。

“火很快就会熄灭的。”她说。

巫师保持沉默。还有一些火苗在跳动，他仍在盯着火苗看。

“我不后悔以前爱上过你。”薇卡继续说。

“我也是。”巫师回答。

薇卡很想谈谈布莱达，但最终还是没有开口。此时巫师的眼中闪烁着崇敬与智慧的光芒。

“真可惜我不是你的灵魂伴侣，我们本可以成为十分出色的一对。”薇卡说。

巫师没有听薇卡在说什么。他面前是整个世界，有很多事要去做。他要帮助上帝建立花园，要教会人们如何去自学。他会遇到其他女人，坠入爱河，并且一起度过这一世。在那天夜里，他完成了人生的一个阶段，现在又要再度面临一个新的黑夜，但下一阶段将会更有意思，更接近他的梦想。他明白这些是因为花朵、森林，以及那个由上帝带到他身边的女孩，而不是因为那是他要实现的命运。这是太阳传统对他的施予，这是月亮传统对他的馈赠。

图书在版编目（CIP）数据

少女布莱达心灵之旅 /（巴西）保罗·柯艾略著；马琳译；—北京：北京十月文艺出版社，2020.2

ISBN 978-7-5302-2019-1

Ⅰ. ①少… Ⅱ. ①保…②马… Ⅲ. ①长篇小说—巴西—现代 Ⅳ. ① I777.45

中国版本图书馆 CIP 数据核字（2019）第 292780 号

著作权合同登记号　图字：01-2019-5692

少女布莱达心灵之旅
SHAONÜ BULAIDA XINLING ZHI LÜ
〔巴西〕保罗·柯艾略 著
马琳 译

出　版　北京出版集团公司
　　　　北京十月文艺出版社
地　址　北京北三环中路 6 号
邮　编　100120
网　址　www.bph.com.cn
发　行　新经典发行有限公司
　　　　电话 (010)68423599
经　销　新华书店
印　刷　保定市中画美凯印刷有限公司
版　次　2020 年 2 月第 1 版
　　　　2020 年 2 月第 1 次印刷
开　本　850 毫米 ×1168 毫米　1/32
印　张　7.5
字　数　135 千字
书　号　ISBN 978-7-5302-2019-1
定　价　49.00 元
质量监督电话　010-58572393
如有印装质量问题，由本社负责调换。